⑪ 强榜必争先

天蚕土豆 著

图书在版编目（CIP）数据

斗破苍穹. 11 / 天蚕土豆著. -- 杭州：浙江文艺出版社, 2025. 3. -- ISBN 978-7-5339-7831-0

Ⅰ. I247.5

中国国家版本馆CIP数据核字第20242R9S20号

策划统筹　许龙桃　周海鸣
责任编辑　周海鸣
营销编辑　宋佳音
封面设计　嫁衣工舍
版式设计　吕翡翠
责任印制　吴春娟

斗破苍穹11

天蚕土豆　著

出版发行　浙江文艺出版社
地　　址　杭州市环城北路177号
邮　　编　310003
电　　话　0571-85176953（总编办）
　　　　　0571-85152727（市场部）
制　　版　杭州天一图文制作有限公司
印　　刷　浙江新华数码印务有限公司
开　　本　710毫米×1000毫米　1/16
字　　数　177千字
印　　张　12.5
插　　页　2
版　　次　2025年3月第1版
印　　次　2025年3月第1次印刷
书　　号　ISBN 978-7-5339-7831-0
定　　价　49.00元

版权所有　侵权必究

目录

001	第一章 晋阶斗灵
009	第二章 竞技场激战
021	第三章 强力一击
032	第四章 强榜排名
043	第五章 神秘小女孩
055	第六章 交换材料
067	第七章 炼制地灵丹
083	第八章 探宝的天赋
099	第九章 萧厉的打算
107	第十章 摆擂接战

114	第十一章 初步交锋
122	第十二章 塔中暴动
132	第十三章 针锋相对
139	第十四章 强榜大赛
150	第十五章 萧炎出手
160	第十六章 柳擎出场
171	第十七章 击败姚盛
188	第十八章 黑色卷轴
194	第十九章 争夺前十

第一章
晋阶斗灵

　　山洞之中，望着木盆中骤然急速旋转起来的药液，药老眼中闪过一抹惊诧。他清楚地感应到萧炎体内暴涌而出的吸力，喃喃道："这小家伙，想要一举突破大斗师吗？借助这破竹之势，的确是个不错的机会，可是那得消耗多么庞大的能量啊？！"

　　木盆之中，药液急速地旋转着，一股股精纯无比的能量从药液中渗透而出，源源不断地灌进正在修炼的萧炎体内。随着这些精纯能量的流动，原本五彩斑斓的药液正在急速地变淡，恐怕要不了多长时间，那药液中的庞大能量便会被萧炎全部吸收。

　　由于萧炎体内的吸力太过强大，周围天地间的能量也被他强行抽出并吸纳。尽管这种直接从天地间吸取的能量比药液之中的能量斑驳了无数倍，但其量大并且取之不尽。双管齐下，雄浑的能量源源不断地涌进萧炎体内，不停地填补着那犹如无底洞一般的斗晶。

　　一般人想要突破，必须经过长时间的积累。如今萧炎想要一鼓作气地接连

晋升两级，其中所需要的能量，自然极为庞大。因此，即使其吸纳速度极快，但那拳头大小的斗晶依然没有半分被充满的迹象，只是那本就璀璨的表面更加光润了一些。

当那药液中最后一丝精纯能量被萧炎吸纳之后，萧炎体内刚刚显现的晋级苗头，便现出衰败的迹象。失去了这股庞大能量的支撑，仅仅从天地间摄取能量，已经远远不能满足斗晶的吞噬。

晋级之时，最忌讳的便是中途能量供应不足，这将会直接导致晋级的失败。然而，此时正处于修炼状态中的萧炎别无他法，只能不断地运转功法，使得自己从天地间吸取的能量尽可能地多一些。虽说天地能量取之不尽，可那种斑驳能量在体内经过炼化之后，能够被吸纳的极少。对于此刻的萧炎来说，无异于是杯水车薪。

山洞内，药老望见盆中彻底转化为清水的药液，又瞥见萧炎眉宇间的一抹焦虑，略微沉吟了一下，手掌晃动，再度将那地心淬体乳取出，微微倾斜瓶口，小心翼翼地将一滴翠绿色的液体滴入木盆中。

随着这滴地心淬体乳的滴入，那本来清澈见底的清水，再度转化成浓郁的翠绿色。浓雾缭绕在木盆之上，庞大的精纯能量，再度充斥盆内。

突然加入的这滴地心淬体乳对萧炎来说无疑是雪中送炭，那再度从每个毛孔疯狂涌进的精纯能量，止住了体内的颓势。精纯能量如汩汩春水，源源不断地运转在经脉之中，最后灌进斗晶里，为晋阶所需的庞大能量添砖加瓦。

这滴中途加入的地心淬体乳并未经过其他药物的调和，因此其蕴含的能量也更加霸道。不过好在此时萧炎的体内经历了先前的洗髓，体质强悍了许多，这股霸道能量进入体内后，虽然略有些刺疼，但比起先前的那种灼痛，几乎可以忽略不计。

这滴地心淬体乳给萧炎带来了极为可观的能量，但是，晋阶所需要的能量庞大得无法想象，几乎是这一阶之中各个级别所需能量的总和。即使这一滴地心淬体乳蕴含的能量极为雄浑，经萧炎长达一个小时的疯狂吸纳后，木盆中的药液竟然再度变得清澈。

微眯着眸子望着木盆之中的药液，药老无奈地摇了摇头，心中估摸了一下萧炎如今的气息，终于带着一丝迟疑，再度滴进了两滴地心淬体乳。

每一滴地心淬体乳，所蕴含的能量都雄浑得惊人。吸收掉这些能量，恐怕能够抵得上常人半年时间的积累。先前的十滴地心淬体乳，绝大部分能量都用在淬炼萧炎的肉体上了，被萧炎吸收的能量，只有十之一二。刚才那一滴未经调和的地心淬体乳倒是完全被吸收，但是仅凭这一滴的能量，并不足以让萧炎突破至斗灵级别。而现在药老再度投入的两滴地心淬体乳，终于成为填满水缸的最后一瓢水！

心神不断地指挥着能量顺着焚诀功法路线运转，源源不断的能量径直冲进斗晶之中。再深的坑洞，终有填满之时。虽然晋阶所需要的能量庞大得惊人，但是在三滴地心淬体乳滴入后……

当木盆之中的药液，再度彻底转化成清水的那一霎，萧炎体内的强猛吸力极其突兀地消失了。他的身体微微颤抖了一下，浑身毛孔缓缓闭合，将体内的能量全部锁住，使之不外溢丝毫。

气旋之内，拳头大小的斗晶犹如一颗璀璨的耀日，射出温暖的光芒，将整个气旋照得透亮。经脉之中，最后一股能量完成运转，进入气旋之中，最后灌入那耀日般的斗晶之内。

随着这最后一股能量的灌注，那枚菱形斗晶微微颤抖了一下，微弱的嗡嗡声悄然响起，最后在气旋之内回荡。

怦，怦……一阵轻微且极有节奏的声音在气旋之中响起，细细听去，竟然如同心脏跳动的声音一般，极为玄异。

而随着这阵声音的响起，那菱形斗晶上的光芒也变得忽强忽弱。萧炎错愕地发现，原本形状不太规则的斗晶，此刻逐渐圆润了起来，变得犹如珠子一般。

而布满其周身的棱角竟诡异地凸了出来，看上去极像一个浑身布满长刺的海胆。再仔细一数，那"海胆"上刚好有着九根长长的尖刺。

当菱形斗晶彻底转化成海胆斗晶之后，其光芒越来越耀眼，那心脏跳动声，也变得越来越快，怦、怦……沉闷的声响在体内回荡，最后竟然和萧炎自身心脏跳动的节拍完全融为一体。

就在这一霎，气旋之内的海胆斗晶猛然一颤，一股极为强横的能量涟漪从中猛地扩散而出！能量涟漪毫无阻碍地穿过气旋、经脉、体内骨骼，最后透过皮肤，猛然爆发！

山洞之内，盘坐在木盆之中的萧炎睁开眼睛，眼中射出凌厉精光，一股雄浑气息从体内蔓延而出。萧炎猛地一仰头，一声清啸，犹如惊雷一般，在山洞之中炸响！轰！强横的能量涟漪破体而出，水花四溅，萧炎身处的木盆，在这股能量涟漪的冲击下，顷刻间化为木屑。能量涟漪在摧毁木盆之后，直接席卷整个山洞。一时间，山洞之内，轰响阵阵，一道道裂缝在巨石之上蔓延开来！

清啸过后，山洞之中，一片狼藉。一道黑影犹如鬼魅般掠出，昂然而立，清秀的面庞上布满狂喜。

"成功了！"

山峰之巅，一道黑色人影犹如奔雷，淡淡的银色电芒在其脚下若隐若现。人影手中一柄硕大黑尺带着极具压迫感的风声呼呼劈斩。这柄黑尺极为庞大，在人影手中却宛如一柄轻巧的长剑，挥舞起来，霸道之中不乏灵活刁钻。

哧！庞大的尺身忽然力劈而下，尖锐的劲风撕裂了空气，淡淡的青芒萦绕其上，犹如一团青色火焰，令尺风带着一股炽热之感。黑尺挟带着狂猛无匹的劲气，狠狠地劈斩在身前的一块青石上，爆炸声陡然响起。坚硬的青石被彻底震碎，无数细小的碎石铺天盖地地暴射而出，仅仅片刻，足有半人高的青石，便只剩下一小半。

萧炎的双手保持着重尺力劈的姿势,脸上有着一抹红润。他深呼吸一口气,脸上的红润逐渐淡去,气息再度回归平稳悠长,他手臂上鼓起的青筋也悄然回落。

收回重尺,萧炎脚下的银色电芒也随之消散。他扭了扭头,身体一阵抖动,听得骨头间响起的噼里啪啦声,不由得满意地轻笑了一声。

洗髓炼骨令萧炎本身的力量暴涨了近一倍。不仅浑身骨骼越发坚韧,反应比之前更加敏捷,萧炎还能够感受到一股强横力量正在皮肉之下潜伏着,隐隐待发。

换作以前,萧炎施展三千雷动,最多只能坚持十来分钟,如今晋阶了,体内所储存的斗气大幅增加,已能够坚持五十多分钟。可见,大斗师与斗灵之间的差距有多大。

"斗灵的感觉不错吧?"药老浮在半空中,望着一脸兴奋的萧炎笑道。

"果然是两个不同的阶段,差距实在是巨大。"萧炎用力地点了点头。之前的他,若非拥有佛怒火莲和青莲地心火这等奇物,光凭借大斗师实力,别说战胜三星斗灵,就算是一个初入斗灵的人,都能将他收拾得极为狼狈。如今亲身体验了这斗灵的强悍,萧炎忍不住对自己之前的越阶挑战感到佩服。

"如今晋入斗灵,凭借奇妙的焚诀功法,我应该能够与两星乃至三星斗灵正面对抗,若再施展出天火三玄变,或许能与白程那种等级的强者相抗衡。如此说来,我应该够资格挤进那强榜之中了。"萧炎的拳头忽而握紧忽而放松,感受着其中酝酿的强悍力量,他的嘴角不由得勾起一抹笑容。进入内院不到半年时间,便能够挤进极具含金量的强榜之中,这种成就,足以令萧炎自傲。

用力地伸了伸懒腰,萧炎上前一步,居高临下地望着那茫茫林海。半晌,他忽然皱了皱眉,道:"在这深山中已足足修炼了两个多月,是时候回内院了,林焱所说的强榜大赛应该也快举行了。只要闯进强榜前十,便有资格进入天焚炼气塔底下几层。不知为何,我总觉得那所谓的本源心火炼体和陨落心炎有莫

大的关系。"

"那天焚炼气塔的确颇为神秘。在塔中,即使我的灵魂力量也扩散不出去,无法暗中探察。不过,我仍能感应到最下面几层有不少强者在守护。强行硬闯的话,就算是斗宗强者,也只能功亏一篑。我们对于陨落心炎在塔中的情况知之不深,若是能够深入底层,或许能够得到一些与陨落心炎有关的有用情报。"药老沉吟道。

萧炎轻叹了一声,苦恼地揉着太阳穴,嘀咕道:"真是麻烦。"

见萧炎苦着脸,药老无奈地摇了摇头,道:"这也没办法,迦南学院在斗气大陆的声望极为显赫,连一些一流势力都不敢招惹他们。别说现在的我仅仅是灵魂状态,就算是当年全盛时期,想要来抢夺迦南学院的东西,那也得再三掂量。"

萧炎苦笑着点点头,他千辛万苦地来到迦南学院,为的就是那陨落心炎。萧炎对这东西是势在必得,就算最后会因此得罪迦南学院,他也在所不惜。想要成为真正的强者,焚诀的进化至关重要;而想要使焚诀进化,异火不可或缺!

萧炎的目光转向南方,内院天焚炼气塔就在那里。沉思良久,他眼中的炽热悄然退散,轻叹了一口气,肩膀微震,紫云翼弹射而出,身形便化为一道黑影,急速地向着山脉之外飞掠而去。

从山脉中回到内院,萧炎足足花费了三个小时。这般长时间的飞行,若不是晋升至斗灵,难以做到一口气便直达目的地。在距离内院还有几百米时,萧炎小心翼翼地收起紫云翼,身形落在一处密林之中。他瞧得四下无人后,这才放心地朝着那已经现出模糊轮廓的内院掠去。

凭借胸口处别着的内院徽章,萧炎毫无阻碍地进了内院。望着视野之中逐渐多起来的人影,他不由得长长地吐出一口气。两个月来,除了林修崖几人,萧炎再未见过其他人。

进入内院,萧炎紧绷的神经放松了许多。他放缓脚步,步伐轻松地向着磐门所在的新生区域走去。

因为未背负那标志性的巨大黑尺，一路上并没有人认出萧炎这个"内院第一炼药师"。经过近半个小时的步行，他毫无阻碍地接近了新生区域。萧炎的眉头微微皱起。往常的这处区域，时时刻刻都有磐门的成员守卫，可今天却不见人影。

"阿泰！"在即将到达处于新生区域中心的楼阁时，萧炎终于见到了一大群人急急忙忙地从前方转角处走来，认出领头者的面貌后，他立刻喊道。

听得这熟悉的声音，领头的阿泰脸上立马涌上狂喜。他抬头望向不远处的那道人影，兴奋地大叫道："头儿，您回来了？"

"头儿！是头儿回来了！"阿泰身后，一群人在看清萧炎的面容后，不由得欢呼了起来。

"薰儿他们人呢？"萧炎脸色微沉，脚底微弱的银光一闪，旋即身形便出现在几十米之外的阿泰面前。

"薰儿学姐他们都去竞技场了。"萧炎展现出的鬼魅身形把阿泰他们吓了一跳，阿泰赶忙回答道。

"竞技场？发生什么事了？"萧炎眼睛微眯，问道。

"还不是白帮的那群浑蛋！"提起这个，阿泰等人脸上猛然涌上怒火，"今天早上琥嘉学姐带我们进入天焚炼气塔修炼，找好了位置，还在其中修炼了一段时间。谁想到白帮的人忽然强行推门，仗着人多势众生生地把我们磐门的人撵了出去。琥嘉学姐和他们争执，对面几个浑蛋竟出言侮辱。琥嘉学姐气不过，就和他们动起了手，谁知对方竟然有两名斗灵强者。虽然琥嘉学姐击伤了其中一人，但是自己也挨了对方一掌，伤得不轻。

"磐门弟兄把琥嘉学姐送回来后，吴昊学长大怒，直接带人奔向白帮，向白程下了挑战书。现在薰儿学姐已经带人赶往了竞技场。

"白帮那些浑蛋越来越嚣张了，就因为我们磐门没有斗灵强者，三番五次来

找碴儿!"

"头儿,这次一定要和他们拼了!不能再忍了!"阿泰身后,一群磐门弟兄满腔怒火,大声吼道。显然,面对白帮的挑衅,他们早已忍无可忍了。

萧炎轻轻一挥手,众人立刻停止了怒骂,一道道期盼的目光望着他们的头儿。

萧炎阴沉着脸,淡淡的凶芒在漆黑的眸间掠过。半晌,萧炎嘴角一挑,霍然转身,冷喝一声道:"走!"

第二章
竞技场激战

　　竞技场,内院最为火爆的一处区域。按理说,竞技场这种带点血腥的场所与学院的气氛根本不搭,但内院丝毫不避讳。这不得不说是内院决策者的明智决定。正是因为竞技场的存在,内院之中的学员,才不像其他学院的学员,一旦陷入生死之战,便脚跟发软、束手无策。

　　学院周围被大陆最为混乱的地域包围,那些毫无与人血战经验的学员,只要落入黑角域之中,只会凶多吉少。对于这一点,每年与黑角域都会发生不少冲突的迦南学院最为清楚。

　　竞技场中,在丰厚的火能奖励诱惑下,每天都有无数学员在此拼搏,几乎每天都是人山人海。其间的喧闹,即使身在百米之外,也能够听得清清楚楚。

　　今天的竞技场,也毫无例外地水泄不通。放眼望去,一片黑压压的人头,杂乱喧闹的声音不绝于耳。

　　在这庞大的竞技场中,有一些面积不小的台子。今天,竞技场内大半人都拥在一处台子周围,台上两道人影狠狠撞在一起,爆发出劲气涟漪,台下一道

道声嘶力竭的助威吼声不停回荡。

"大哥，干掉他！"

"让那些新生知道我们白帮的厉害！"

在战圈之外的一个看台上，一些戴着白帮徽章的学员，望着场中那大占上风的首领，满脸狂笑地大声喊道。一些人还不忘朝对面看台上的一群人送去嘲讽的哄笑声。

对面看台上的人群，领头的那位，是一名身着青衣的少女。少女极为貌美，最令人心动的还是她那静若青莲的独特气质。虽然青衣少女俏脸依然平静，那纤细的柳眉间，却透出一丝焦虑。

在青衣少女身后，站着一大群戴着磐门徽章的学员。他们在听得对方的嘲讽后，皆满脸怒容，不过碍于场中己方处于下风，也只能咽下到了嘴边的怒骂。

"薰儿，吴昊看来也不是白程的对手啊，这个家伙实在太冲动了。"一名身着红色衣裙、身材极为火辣的俏丽女子，望着场中已落下风的那道人影，略微有些苍白的俏脸上露出一抹苦笑。

薰儿微微点头，纤手缓缓紧握，水灵灵的眸子注视着场中，轻声道："虽然最近吴昊突破到九星大斗师，但是毕竟与对方实力相差太大。若实在不行，待会儿我去替换他。"

"你要亲自出手？"闻言，琥嘉一怔。

"我不能让萧炎哥哥回来的时候看见磐门被人讥讽成这样。"薰儿微微一笑，轻柔的声音中带着些许冷意，"那个白程，本来是想留给萧炎哥哥来收拾，但现在……我只能先将他解决了。"

薰儿言外之意，就是她要收拾实力达到六星斗灵的白程，并不需要花多大气力。若是常人这样说，琥嘉定然会嗤笑一番，但是她对一脸平静的薰儿，却生不出半点儿怀疑。琥嘉微微点头，转过头，将视线投向战场之中。

"磐门？萧炎组建的势力？"在竞技场一处视野颇好的地带，几道人影斜靠着栏杆，观望着场中的战斗。

"嗯，磐门刚组建时，成员都是新生，如今经过吸纳，倒也有不少老生，首领确实是萧炎。"韩月银色长发轻轻飘荡，她瞥了一眼有些惊讶的林修崖几人，说道。

"嘿嘿，这家伙倒也是个人才。这才进入内院半年时间，便有这等成就。"林修崖笑了笑，道，"不过看场中的情况，磐门貌似处于下风。虽然那个新生攻势凌厉，还带着几分难得的杀伐气息，但是他与白程实力相差太大。他凭着大斗师巅峰的实力，能将白程逼得手忙脚乱，也很了不起了。"

"昨天收到一些消息，柳擎那家伙似乎派人和白程接触了一下。本来萧炎在与韩闲比拼炼药术后，白程便有些忌惮，前段时间双方还相安无事。他与柳擎的人接触后突然变得这般猖狂，不得不说其中有些怪异啊。"一旁的严皓忽然瞥了一眼竞技场的某处，话里有话地道。别看他外表粗犷，其实心比很多人都要细。

"萧炎和柳擎也有冲突？"闻言，林修崖讶异地说道。

"也不算吧，只是萧炎与柳菲有些过节，那个女人的小心眼你又不是不知道。"严皓淡淡地说，话语中对那柳菲似乎颇为不屑。

"哈哈，这下有好戏看了。我看萧炎那人，也不是一个甘受欺负的主，虽然只是大斗师，但若是我与他对峙，也不得不慎重，想来其隐藏颇深啊。"林修崖轻笑了一声，双臂撑在栏杆上，目光随意地飘向了先前严皓所望之处。那里隐隐有道模糊的人影，淡淡的凌厉霸气让林修崖等人认出了他是谁。

韩月微微蹙了一下秀眉，旋即无奈地叹息了一声，再度将目光投向场中的火爆战斗。

嘭！场地中，一红一白两道人影犹如两颗流星，轰然撞在一起。两股雄浑斗气陡然爆发，坚硬的地板都裂开了一道缝。

锵！清脆的金铁交击声响起，火花四溅，一柄血色重剑与一杆深黄色长枪

重重地撞在一起，一股肉眼可见的劲气涟漪重重地撞击在两人身体上。

砰，砰！低沉的声响中，两道人影皆往后退去，白色人影仅后退了两步便站稳脚跟，低低地闷哼了一声，肩膀一抖，便将劲气化去。与白色人影相比，红色人影则要狼狈得多，不仅连退了七八步，嘴角溢出一抹殷红血迹，气息一阵紊乱波动，显然是受了不轻的内伤。

"大哥好样的！"看台上，白帮的人爆发出一阵阵欢呼，旋即，朝对面的磐门送去更多的讥讽和咒骂，将一干磐门成员气得脸色铁青。

"猖狂的小子，只是个九星大斗师就敢向我挑战，真是不自量力！"白程手中深黄色长枪斜指地面，听得四周雷鸣般的欢呼，嘴角一挑，冷笑道，"在真正的强者眼中，你们磐门不过是个跳梁小丑，能赚火能又如何？火能再多，没有实力，那也只不过是别人眼中的大肥羊。"

"呸！"一口吐去嘴中鲜血，吴昊阴沉着脸，血红的眼睛盯着对面冷笑的白程，那模样，就犹如一头嗜血的凶兽。

眼中血芒闪烁，片刻后，吴昊似是下定了决心，用手掌抹去嘴角的血迹，又将手上的鲜血缓缓地涂在血色重剑上，血色重剑之上隐隐地出现些许暗红之色，吴昊的脸上也逐渐地涌上一抹诡异的紫红。瞧得吴昊这般诡异举动，白程一皱眉头，手中长枪微震，遥遥指向吴昊。

就在吴昊准备使用最后一张底牌时，一道青色倩影忽然轻灵地掠进场中，如白玉般完美的纤手轻轻拍了一下他的肩膀，吴昊体内翻涌的狂暴力量顿时平静下来。

"让我来吧。"

吴昊摇了摇头，沉声道："我能对付他！"

薰儿淡淡地瞥了白程一眼，偏头微蹙黛眉，望着仍在坚持的吴昊。望着薰儿平静的眼神，吴昊瞬间便败下阵来，苦笑了一声，只得低声嘱咐道："小心一点儿。"

"怎么，磐门没人了不成，竟然让一个女子来？萧炎人呢？为什么这种时候还不见踪影？难道怕了不成？"瞧得闪进场中的薰儿，白程不由得讥讽道。

"对付你，还用不着萧炎哥哥出手。"薰儿轻声道。这份面对强敌依然从容的气质，让不少人对场中的青衣少女爱慕倍增。

"磐门的人都是这般狂妄吗？今年这届新生，真是最近几年中态度最差的。"被一个如此漂亮的少女挑衅，白程也有些发怒。

薰儿这次却连话都懒得回，纤手间，金色光芒大盛，其中所蕴含的强悍能量，让不少人暗中惊叹出声。瞧得薰儿掌心间的金色光芒，白程脸上也闪过一抹诧异，旋即一声冷笑，长枪一指，浓郁的深黄色斗气便萦绕而上。

场地中，金光与深黄色光芒大盛。片刻后，两道人影同时行动，瞬息间便在场中相遇。然而，正当众人以为大战将再度爆发时，隐约间有淡淡的雷声在竞技场内回荡。

雷声响起的一刹那，薰儿和白程之间，一道黑色残影陡然浮现，双臂如闪电般探出。先是一股轻柔之力将薰儿震退到战圈边缘，旋即，其手掌与白程的手掌接触，猛然爆发出强悍劲力，将白程震得双脚急退。

黑色残影的浮现，以及薰儿、白程被震退，仅仅是电光石火间发生的事情，大多数人只觉得眼睛一花。

"狂妄自然是有狂妄的本钱，白程首领若是觉得看不顺眼，萧炎陪你玩玩便是，与女子动手，未免有失身份。"淡淡的笑声突然在场中响起。众人一怔，视线连忙移动，望着那道不知何时出现在场中的黑袍人影，皆满脸愕然。

黑袍人影微微抬头，露出一张清秀的含笑的脸，只不过这笑容里有几分冰冷杀意。

"哈哈，这下好戏要开场了。"趴在栏杆上的林修崖眼睛猛地一亮，目光不由自主地转向阴影处。隐藏在那里的人影，微微直起了身子，凌厉霸道的气息，比先前略盛了一些。

磐门的成员立刻爆发出惊雷般的欢呼，而其他的围观者，则带着几分好奇打量着萧炎，眼神之中倒是颇有些期待。在经过与韩闲的比试后，萧炎"第一炼药师"的名头内院中人人皆知。但是炼药术杰出，并不代表着本身的战斗实力也极其强悍。众人都想看看，这个炼药术杰出的青年，其战斗力到底有多强。

薰儿在被震退的那一霎，感受到那股熟悉的力量，其玉手间凝聚的强横金光逐渐消散，任由那股轻柔之力将自己送到战圈之外，她望向场中的那道挺拔身影，将提起的心悄悄地放了下去："萧炎哥哥，接下来，便是属于你的时间了。"

"嘿，萧炎，终于舍得出来了？"白程肩膀一抖，脚掌狠狠地一跺地面，便将萧炎的劲气卸去，抬头望着场中的黑袍青年，冷笑道。

萧炎瞥了白程一眼，手掌翻动间，硕大的玄重尺凭空出现。他右手紧握尺柄，狠狠地一挥，强猛劲风的呜呜声顿时在场中响起："看来白程学长对我很是想念啊。不过可惜，白程学长并非女儿身，不然我倒也乐意。"

"哈哈。"周围人群爆发出一阵哄笑。

白程眼角抽动了一下，冷冷地道："牙尖嘴利，这一次，我看你还能找什么借口脱身。"

"不用找借口，吴昊对你发的挑战书，我接下来了。这一天我也是等了许久，新仇旧怨，一并了了吧。"萧炎抬起头对着白程轻笑一声，重尺重重地砸在坚硬的地板上，地面上立刻裂开一条细小的缝隙。

"哈哈，好，有胆识，你要自取其辱，就休怪我全力而为了。"瞧得萧炎这次竟然没有逃避，反而主动迎战，白程脸上流露出一抹喜意，大笑道。

"白程学长，你的废话还是那么多。"萧炎的脸上带着淡淡笑容，可吐出来的话语，却令白程的脸色变得阴沉。

"希望待会儿你这张嘴里别吐出什么求饶的话。"白程阴森森地回了一句，紧握手中深黄色的长枪。枪身微微一震，浓郁的黄色斗气自其体内暴涌而出，

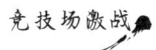

转瞬间便将枪身笼罩。

"原来是土系斗气。"瞧得白程斗气的颜色,萧炎眉头一挑。这种熟悉的斗气重在防御,最是悠长厚实,拥有这种斗气的人战斗力无疑会更加持久。与拥有土系斗气的人战斗,短时间内爆发力量进行压制是最有效的方式。

微微扭动了一下身体,雄浑的青色斗气自萧炎体内涌出,一股强悍的气息也从他的体内蔓延出来。现场不少人感觉到这股气息的强度后,都不禁愣住了。

"斗灵?"

看台上,薰儿与琥嘉、吴昊两人对视了一眼,皆有些诧异与惊喜。没想到两个月不见,萧炎竟然真的突破到斗灵。两个月两级,就算是整日在天焚炼气塔中闭关修炼,也做不到这般修炼速度啊。

"这家伙,分开时间不到两个月,竟然达到斗灵了?"林修崖等人同样满脸诧异。当日在深山中见到萧炎时,萧炎顶多大斗师八九星。虽说到了这一级别的人,距离斗灵已经不远,但是亲身经历过这一过程的他们,非常清楚想要突破大斗师到斗灵的障壁,需要多么艰辛的积累。因此,瞧得此时萧炎气息的强悍程度,都不免有些错愕。

"难怪这次敢直接和白程对阵,原来是晋阶了。但即便如此,他与白程之间也有着五星的差距。"严皓惊诧之余,也是笑着道。

"我相信他能赢。"一旁,韩月冷艳的脸上浮现出一抹笑容。当初萧炎只是一名五六星的大斗师,便能够令三星斗灵忌惮不已,如今实力大涨,就算白程比他高了五个级别,韩月仍然对他抱有足够的信心。

"我也对他有信心,不知道那家伙怎么想。"林修崖笑道,伸了个懒腰,眼光投向那道模糊的人影。

白程也怔了一下,眼中划过一抹震惊。半响,他的脸上多出一丝凝重,冷笑道:"难怪这次更加嚣张,原来是晋阶了。"

萧炎身子微微颤动,清脆的骨头碰撞声在体内犹如放鞭炮一般,不断地响

起。如此好一阵后，萧炎方才长长地吐出一口气，感受着肌肉骨骼之中蕴含的庞大力量。他微微一笑，抬头望着白程，手掌悄然紧握着尺柄，缓缓向前走了几步。手中重尺拖在地上，发出沙沙声，坚硬的地板被划出一道白色痕迹。

冷冷地望着走向自己的萧炎，白程握着黄色长枪的手掌略微紧了紧，眼睛死死地盯着萧炎的步伐。就在萧炎走到离他十米远的一刹那，一道低喝猛然自白程嘴里响起，雄浑的深黄色斗气从其体内暴涌而出。重重一踏地面，白程身形化为一道黄影，斗气在其枪尖急速凝聚，长枪划破空气，咻咻作响，声威不小。

六星斗灵强者蓄力一击，足以摧山裂石。面对着白程这开场的凶悍攻势，萧炎并未直接硬接，脚下淡淡的银色光芒若隐若现，身形一晃，便诡异地消失在原地。

突然失去攻击目标，白程脸色微变，他竟然只瞥见一条黑线掠过，心中闪过一丝惊疑——以前的萧炎绝对没有这种速度，就算是晋阶了，也不可能将速度提升到这个地步。

白程手中长枪骤然转向，对着身后暴刺而去。叮！火花四射，白程向后刺去的长枪，将那硕大的黑尺抵住，黑尺上蕴含的强横力量，竟然将长枪压得略有些弯曲。

"这家伙的力量也暴涨了许多，这究竟是怎么回事？现在这家伙不论是力量、速度还是反应，与以前相比都如同脱胎换骨。"感受着长枪上传回的力量，白程脸色剧变，心中也翻起了滔天巨浪。

萧炎手中重尺带着破风声，狠狠地对着白程劈砍而下。原本极其沉重的重尺在他的手中，却比白程手里的长枪更加灵活刁钻。在萧炎这波强劲攻势下，白程刚一开战就因为措手不及而显得有些慌乱。

然而，白程毕竟是六星斗灵强者，面对萧炎的攻势，他逐渐地镇定下来，体内雄浑斗气浩浩荡荡地涌出，将萧炎的攻击一一挡下。随着战斗的持续，白程开始猛烈反击，不停挥舞的长枪，犹如一条掩藏在黄沙之下的毒蛇，刁钻而狠毒，每次刺向萧炎，都瞄准要害部位。

场地中，两道身形闪转腾挪，一青一黄两种斗气将战圈渲染成两色地界。每一次重尺与长枪的对撞，都会出现一圈肉眼可见的劲气涟漪。随着涟漪扩散，那坚硬的地板上丝丝裂缝不断地蔓延。

嘭！萧炎狠狠地与白程对轰了一记。白程的脚步急退了两步，而萧炎却后退了四步之多。显然，虽然萧炎力量占优，但是在对方使出六星斗灵的强横斗气后，依然有些落入下风。

"哼，蛮力而已，不堪入目。"在对轰中占得上风，白程长枪一指，冷笑道，"若是接下来你还只会依靠这点蛮力，还是自动滚下去吧。"

闻言，萧炎嘴角也浮起一抹冷笑，他猛地将玄重尺生生插进地面，双手迅速地结出奇异的手印，炽热的青色火焰猛地自其体内席卷而出，将萧炎包裹成一个火人。片刻后，炽热火焰却闪电般蹿进萧炎体内。

"天火三玄变——青莲变！"心中一道低喝，萧炎身体猛地一颤，狂暴的能量陡然自体内经脉之中暴涌而出，最后犹如滔滔洪水一般，流淌至全身每一个部位。

感受到体内暴增的斗气，萧炎再度握住玄重尺尺柄，望着对面的白程，轻笑道："再来！"

话音刚落，萧炎的身形便化为一道黑影，朝着白程猛冲而去，每一次脚掌落下，都在地面上留下半寸深的脚印。

对于萧炎能够陡然爆发出极为强大的力量这件事，薰儿等人都是知晓的，所以并未感到意外。但是在台上观望的林修崖等人，却不由得发出惊呼。他们自然是能够发现，此时萧炎的实力快要赶上白程了，这是足足五星的差距啊。

"这个家伙，还留有这等手段。"林修崖的眼中多了一抹惊讶和赞赏。

一旁的严皓，眼睛紧紧地盯着下方的萧炎，在听得林修崖的话后，他微微

点了点头,目光上移,最后停留在一处略有些阴暗的地方。隐约间,他似乎听见从那里传出的一道极低的惊咦声。

"这次白程算是踢到铁板了,说不定他在强榜上的排名,都会拱手让人。"严皓嘴角一撇,幸灾乐祸地笑道。

林修崖等人笑了笑,再度将目光投向战场之中。

施展了天火三玄变之后的萧炎,其实力已经在短时间内接近白程。白程收起脸上的冷笑。对于萧炎能够强行提升实力的事情,他或多或少知道一些,不过也没当回事儿,在他看来,这种强行提升实力的法子都是旁门左道,一旦超过时限,便会自现原形。

白程狠狠地咬了咬牙,紧握着长枪,死死地盯着越来越接近的萧炎,眼中掠过一抹寒芒。他清楚这一场战斗对他意味着什么,若是不幸输掉,自己在强榜上的位次会立刻被萧炎取代,并且连带着白帮也会声威大减,在内院之中地位一落千丈。因此,不管面前的萧炎有多难缠,他今天必须不择手段地将萧炎击败!

"狂妄的家伙,今天就让你瞧瞧真正的强榜高手的实力!"脸上闪过些许冷厉,深黄色的斗气犹如黄河之水一般,源源不断地从白程体内涌出,最后将其整个身体都包裹进去。

白程发出一道低喝,长枪闪电般地急速刺出。长枪每一次刺出,都会有一道残影出现,仅仅一刹那,长枪残影便将面前的空间笼罩。而此刻,奔掠而来的萧炎也出现在枪影封锁之外。

深黄色的长枪残影停滞在半空,枪尖闪烁着异样的寒芒,在深黄斗气的强化下,这每一道残影都有着洞穿石壁的力量。白程望着已经近在咫尺的萧炎大喝一声,而随着其喝声的落下,面前密布的深黄枪影陡然间暴射而出。尖锐的破风声顿时在战场中响起,极为刺耳。

能够一次性凝聚这么多的枪影,可见白程实力的强横。强榜高手,的确名不虚传。若是换作寻常斗灵，在白程这凌厉攻势之下怕是得手忙脚乱，可萧炎的战斗经验丝毫不比白程少，再加上天火三玄变，已经具备与白程正面抗衡的实力。虽然白程枪影闪烁，劲风凛然，但是依然未让萧炎有丝毫的退缩。他猛然举起手中硕大的玄重尺，以一个极为平实的姿势，狠狠地劈砍下去。

"破！"没有一丁点儿花哨的一记劈砍，却带着摧山裂石的气势，在空中留下一道黑色残影。瞧得萧炎这强横的一击，不少人都有些动容，这般激烈的战斗，可着实有些精彩。

叮、叮……一道道蕴含着凌厉劲风的枪影撞上玄重尺，不断地发出清脆的金铁交击声。枪影转瞬间消散，只留下那一道道急速扩散的劲气涟漪。

大片的枪影急速消失，枪身一凝，一柄长枪闪电般地撕裂空气，尖锐的劲风在枪尖急速凝聚，直冲着萧炎的胸膛狠狠地刺了过去。

眼睛微眯，萧炎将玄重尺极为灵活地收回，玄重尺犹如一个漆黑的盾牌，重重地矗立在身前，而深黄长枪则正好点在宽阔的尺身之上。两者接触，枪身之上陡然爆发出强横劲力，使萧炎擦着地面向后滑动了两三米方才止住。

"哼！"震退萧炎，白程一声冷哼，握着枪柄的手臂微微一抖，枪身之上光芒大盛，刺眼的黄色光芒犹如一轮耀日。

咻！一条黄色能量沙蛇猛地自长枪中蹿出，张着狰狞巨口，恶狠狠地撞击在玄重尺之上。

嘭！一股肉眼可见的劲气涟漪急速扩散，萧炎脚下坚硬的地板道道裂缝不断蔓延。

"滚！"白程的掌心重重地击打在枪柄上，六星斗灵的实力此刻毫无保留地爆发出来，强悍无比的劲气轰击在尺身之上，枪尖用力一挑，旋即那漆黑重尺便在众目睽睽之下，咻的一声从萧炎掌心中脱出，在半空旋转了几圈后，斜插在战场之外的地面上。

萧炎重尺脱手，周围一片哗然，除了薰儿几人外，磐门成员都忍不住握紧

了拳头，满脸紧张。

"没了武器，看你还打什么！"白程看到胜利近在咫尺，忍不住得意地大笑一声，手中长枪却没有丝毫停顿，直刺萧炎的胸膛。

重尺离手，萧炎的眉头一皱。不得不说，白程的枪术比起白山的更为凌厉与狠毒。长枪如电，萧炎感受着胸膛处的隐隐刺痛，脚底银色电芒浮现，身躯一颤，出现在十几米之外的地方，而原地只留下一道残影。

长枪洞穿残影，微微一搅，残影消失。白程望着十几米外的萧炎，冷笑道："还不认输？现在跪地求饶还来得及，不然的话，刀枪无眼，待会儿断胳膊断腿了，可别怪学长我下手狠。"在竞技场，内院并未限制下杀手。但除非双方关系极其恶劣，大多数人都会手下留情。不管怎么说，这里毕竟是学院，而非真正的血腥竞技场。

没有理会白程，萧炎随意地瞟了一眼场外的玄重尺，微微扭动了一下身子，感受着体内因为脱离了玄重尺的束缚而如洪水般轰然流淌起来的雄浑斗气，嘴角扬起一抹令白程眼神阴沉的笑容。

萧炎转过头，望向白程，轻笑一声，并未开口说话，脚底银光再现，轻轻一踏，身形犹如鬼魅，陡然出现在白程身侧。被炽热的青色斗气覆盖的拳头，带着热风狠狠地砸向白程的脑袋。

萧炎在这一刻展现出来的恐怖速度，令白程眼瞳骤然一缩，脑袋条件反射地向后仰去，萧炎的拳头从他的脸上擦过，让他感到了火辣辣的疼痛。

"这个家伙……速度怎么又忽然变快了许多？"白程心中翻起了滔天巨浪，在心里气急败坏地骂道。

对萧炎不了解的他自然不会知道，脱离了玄重尺的萧炎，方才能够施展全力。对别人来说，失去武器或许是致命的打击，可对萧炎来说，这恰恰帮助他脱离了束缚。

握着玄重尺的萧炎并不可怕，赤手空拳的萧炎，才是一头真正的猛兽！

第三章
强力一击

萧炎的拳头从白程面前擦过,然而他心中还来不及庆幸,萧炎的手肘便狠狠砸下。白程右手紧握着长枪,枪尖戳着地面,将倾斜的身体稳住,左手握拳,急忙打出,与萧炎的肘尖重重相撞,劲气涟漪扩散间,隐隐听得细微的骨骼咔嚓声响起。

白程脸色一白,其倾斜的身体直接被生生地砸在地面上。萧炎冷着脸,没有瞬息停滞,青色斗气急速在其脚尖凝聚,旋即狠狠地对着倒在地上的白程的脑袋踢去。看这架势,若是真被踢中,就算是白程,少说也得当场昏迷。白程浑身直冒冷汗,在地面上一个打滚,才险之又险地将萧炎这记攻击避开。

从萧炎重尺脱手到白程狼狈滚动,不过短短一分钟的时间,但这般与预料截然不同的场面,却使得周围的看客满脸错愕。那些本来还在哄笑的白帮成员,犹如被捏住脖颈的鸭子,嘶哑的嗝嗝声从喉咙中传出。

原本以为失去了重尺的萧炎会彻底落入下风,没想到他却来了个大翻盘,反而将本该占据上风的白程打得满地打滚。这意外的转折,让一脸紧张的磐门

成员忍不住发出阵阵欢呼，一些脾气冲动之人，更是将嘲讽和骂声奉还给先前得意扬扬的白帮成员，把他们气得满脸铁青。

"萧炎这家伙的近身搏斗挺强的嘛，看其出拳力度以及速度，似乎比先前手握黑尺的时候还要强上许多啊！"严皓有些惊异地说道。

"强了不止一星半点儿。"林修崖微微皱了皱眉，他能模糊地感应到重尺脱手后，萧炎的气息变得更加雄浑，心中略一思量，目光转向了那落在场外的玄重尺，轻声道，"我想，奥秘应该出在那把尺子上。"

听得林修崖提醒，严皓等人也反应过来，回想起萧炎重尺离手后的实力涨幅，点了点头："这个家伙，还真是处处出人意料啊。"

狼狈地在地面上滚了一圈后，白程跃起身子，听得周围的哄笑声，脸色不由得青一阵白一阵。半晌，他的表情恢复至先前的阴沉，眼神冰冷地望着萧炎："好小子，竟然还有这手，倒是小瞧了你。"

萧炎双掌微微前探，长长地吐了一口气，在先前那番畅快淋漓的肉搏战后，其体内潜藏的力量似乎苏醒了，令他有种想仰天长啸的舒畅感觉。晋阶之后的这场战斗，对萧炎的好处可是不小。

"你有正视我的时候吗？"萧炎略偏着头，讥讽地一笑。还不等对方回话，他脚下银光闪烁，便再度鬼魅般出现在白程身侧，带着凌厉劲风的拳头、肘尖、双腿等一切可以用来攻击的部位，在顷刻间被萧炎尽数施展。

有了上一次的经验，再次面对萧炎的凶猛攻击，白程不再像刚才那般惊慌失措，手中长枪舞动，倒也勉强能将萧炎的攻击挡下。

战场中，两道人影闪动，青色斗气与深黄斗气每一次碰撞，都会爆发出惊雷般的炸响。劲气涟漪扩散，地面上的裂缝以肉眼可见的速度急速蔓延。

嘭、嘭！低沉的碰撞声不断地从战场中传出。到最后，在斗气的笼罩下，旁人竟然只能隐约看见模糊的两团光影。强烈的劲气压迫使身在十几米开外的一些围观者，都感到有些呼吸不畅。

强力一击

随着场中战斗进入白热化,周围的喧闹声也渐渐低了下来,许多人的手心都捏了一把汗。到了这种时候,双方几乎毫无保留地将实力展现出来,只要谁的身形稍有迟滞,便会被对手抓住破绽,进而发动决定胜负的一击。

其实战斗进行到这一步,萧炎就算失败,也不会对其声望造成多大损失。不管怎么说,白程是进入内院两三年的老生,而萧炎能够在进入内院不到半年时间里,便与白程战得不分高低,这般本事,足以令内院大多数人对其刮目相看。而相反,白程心中清楚,这场战斗,他不能打成平手,他必须赢,否则他将会用自己的名声来成就萧炎!

白程忍不住有些焦急起来,原本以为只要施展出全力,收拾初入斗灵的萧炎应该不难,可没想到如今反被萧炎拖入僵局,无论自己攻击如何凌厉,萧炎都像牛皮糖一样,死死地粘住自己。萧炎蕴含着极强力道的肉搏攻势连绵不断,让其长枪施展不开。

"无论如何必须打败这个小浑蛋!看来只能动用韩闲给的东西了。"白程的脸猛然间狰狞了许多。他右手紧握长枪抵住萧炎,左手一探,一枚紫红色丹药从袖子里滑落进掌心,旋即被其快速地塞进嘴中。

丹药入口,白程脸上瞬间涌上诡异的紫红色,低低的吼声从喉咙间传出,深黄斗气猛然间失控般地从体内暴涌而出,在深黄斗气中,还隐隐夹杂着淡淡的紫红。

白程的拳头重重地砸在枪杆上,枪杆略微弯曲,旋即爆发出一股极为强悍的力量。萧炎措手不及地后退一步,然而脚步刚刚稳住,面前黄影掠过,速度快了许多的白程用力挥动枪杆,重重地砸在萧炎的手臂上。

砰!低沉的声音响起,萧炎手臂上一阵剧烈疼痛,白程直接将萧炎生生地轰退了五六米。同时,这一记重击也令萧炎脸色白了一分。

原本胶着的战场,突然间出现这等变化,令周围的人有些意外。一些眼尖之人瞧得白程脸色变得紫红了许多之后,率先叫了出来:"白程吃了丹药!"

听得这喊声,周围一片哗然。虽说在竞技场比试中吃丹药并不算犯规,但别忘了,白程的对手只是一名刚进内院不到半年的新生,与实力本就比自己低的人战斗还要靠吃丹药提升实力,这一举动,可实在是让人有些不齿。

萧炎抬头冷冷地望着不仅脸色紫红,而且连眼睛都带着一些紫红色的白程,微微皱眉,冷笑道:"不错的丹药啊,竟然能一下子增强这么多力量。"

"成王败寇,没人会记得战斗过程,结局才是最重要的!"白程阴阴地说道。事情到了这一步,他只想将面前的萧炎打个半死,直接废了萧炎。自从这个家伙进入内院,他就没有一天的安宁。

"白程学长说得好。"注视着面前的白程,片刻后,萧炎笑着点了点头。旋即,手掌一翻,一枚暗红色的圆润丹药出现在双指之间。他微微抬眼,望着对面的白程,微笑道:"既然白程学长都这般说了,那萧炎也不做作了。这枚龙力丹自炼制出来后,还未试过它的效力如何,今天,便对白程学长试试吧。"

白程死死盯着萧炎双指间的那枚暗红丹药,在听清了丹药名称后,脸色霎时间变得极其难看。

龙力丹,对于这个名字,白程并不陌生。当初连韩闲都炼制不出来的五品丹药,其效力如何强大,从那些长老当时的表情便可以一窥端倪。他先前服下的那枚丹药名叫兽力丹,只勉强达到四品丹药的等级,效力倒是与龙力丹有着异曲同工之妙,能够在短时间内提升服用者的一些力量,但明显龙力丹更强一些。

"你……你还真是舍得啊!"白程嘴角微微哆嗦,声音中分不出是忌惮还是苦涩。

"哈哈,既然白程学长都舍得吃丹药,我身为炼药师,自然也不能落了面子不是?"萧炎露齿一笑,白灿灿的牙齿令白程骨子里冒着寒意。到现在白程才明白,面前这个看似和善的家伙,若真发起飙来,其实比任何人都要可怕。

龙力丹固然珍贵,可萧炎已经有它的药方,只要凑齐药材,炼制也没有太大的困难。再者，白程的实力的确挺强，在施展了天火三玄变之后，萧炎依然只能与他僵持。天火三玄变虽然能让人实力大涨，但是有时间限制，一旦超过时限，萧炎的实力就会大幅度下降。如今白程率先使用丹药，倒让萧炎多了一条路子。原本他打算施展佛怒火莲这等撒手锏，可在这众目睽睽之下，萧炎并不想将自己的底牌之一展露出来。虽说很多人知晓他拥有一种极为强横的火莲斗技，但也只是听说，并未亲眼见过。这竞技场中强者太多，眼力毒辣之人也不少，这些底牌能不露就尽量不露。

"白程这家伙可真是自找苦头啊。"众人瞧得白程那难看的表情，皆忍不住在心中暗自叹道。

双指微微搓动着圆润丹药，在众人注视下，萧炎将龙力丹塞进嘴中，缓缓嚼动，喉咙一动，便将之吞进肚内。一股滚烫的热流骤然从体内涌出，犹如滔滔洪水，在经脉之中奔涌流淌。萧炎只觉得浑身注满了力量，那股极为充盈的舒畅感，让他有种仰天长啸的冲动。

身体一阵扭动，极为清脆的骨头脆响声在战场中响起，连绵不断地响了两三分钟。在服用了这枚龙力丹之后，萧炎竟然发现对面的白程变小了一些。他低头看了一下自己的身子，却错愕地发现，原来不是白程变小了，而是自己的身躯变得高大了许多。之前萧炎看上去略有些瘦削，可现在的他，几乎能够与严皓那个大块头相媲美。

萧炎体形的这般变化，让所有人感到愕然，望着萧炎手臂之上犹如一道道小蛇般鼓动的青筋，众人忍不住抹了一把冷汗。这就是五品丹药的效力？这效力强得有些过分了吧？

当然，在惊叹之余，也有不少人对萧炎的败家子行为叹息不已。那可是五品丹药啊，用来对付一个白程，是不是有些大材小用了？

萧炎紧握着拳头，呼呼地在面前打了几拳，没有用上丝毫斗气，只凭借本身的肉体力量，他便能打出音爆之声。每一次拳头挥出，都会有一个无形的空

气炮弹暴射出去，这些空气炮弹落在地面上，便会在地面上留下一个不大不小的坑洞。

"不愧是五品丹药，效力竟然如此恐怖。"萧炎抬起头来，不怀好意地望着面前的白程，冷笑一声，脚下银光浮现，身形犹如鬼魅一般出现在白程面前，这般速度，比先前又快了几分。

萧炎速度的恐怖，白程刚刚领教过，随时保持着警惕。在萧炎身形刚要动的一刹那，他的身体便紧绷了起来，手中长枪被深黄斗气笼罩，狠狠地对着出现在面前的萧炎刺去。

服用了龙力丹之后，萧炎发现自己不仅力量暴涨，而且眼力也变好了许多。虽然白程的长枪隐藏在斗气之中，让人难以分辨其攻击轨迹，但是萧炎依然敏锐地将脑袋向左一偏，险之又险地避开了凌厉的枪风，同时左手闪电般地探出，一把抓住从耳边穿过去的枪杆，直接将蕴含着雄浑斗气的长枪稳稳握在手中。

长枪被抓，白程脸色阴沉下来，右手一旋，深黄色的斗气在掌心急速凝聚，眨眼间便形成一个只有巴掌大小的褐色光团。随着一道厉喝，光团狠狠地对着萧炎轰了过去："玄土凝旋！"

这个褐色光团极具攻击性，爆发出极为尖锐的破风声。褐色光团在漆黑眼瞳中急速放大，萧炎没有丝毫退缩，体内充沛的力量现在急需宣泄。萧炎没有半点儿迟疑，他将蒲扇大的手掌紧握成拳，对着褐色光团重重地砸了过去。

嘭！一拳一掌便重重地轰击在了一起。嘹亮的炸响犹如惊雷，在竞技场半空响起，一道雄浑的劲气涟漪急速扩散，坚硬的地板犹如被牛犁过的田野一般。

白程脸色瞬间变得苍白，掌心传来的狂暴劲力几乎令他整条手臂陷入麻痹，他肩膀急速颤抖，也顾不得被萧炎紧握的长枪，急速后退。每一次脚掌的落下，都会在地板上留下一道半寸深的脚印，如此十几步后，方才彻底化去那股劲力。白程停下脚步，喉咙间涌上一股腥甜，又被他生生地咽了下去。

场中弥漫着的烟尘迅速散去，萧炎那硕大的身形显露出来，看其站立的位置，竟然只退后了一步，其手中的那柄深黄色长枪也向众人表明，先前的那轮激烈交锋，是谁占了上风。

萧炎握着深黄色长枪，随意地瞥了一眼脸色难看的白程，随手一抛，便将长枪丢出了战场。也不知是有意还是无意，长枪掉落的位置，刚好是先前玄重尺掉落之处。

"哈哈，看来白程学长的那枚丹药不如龙力丹啊。"萧炎冲着白程笑了笑，然而那笑容却没有丝毫温度，寒冷如冰。

白程嘴角微微扯动，暴怒之余，他又忍不住有些后悔，若是他没有服用丹药，萧炎大概也不会服下龙力丹，现在他是哑巴吃黄连，唯有独自咽下自找的苦果。

"战斗可还没结束呢。"白程阴冷地哼了一声。到了这一步，他也只能彻底地拼了，体内深黄斗气尽数涌出，在身体表面流转不定，片刻后竟然凝聚成一副宛如实质的深黄铠甲。

土系斗气防御力不俗，白程全力凝聚的斗气铠甲，其防御力更是强悍得可怕，而且这种土系斗气铠甲有着极为不错的反震效果。

白程凝聚铠甲仅仅用了不到十秒，在铠甲即将成形的一刹那，萧炎再度催动鬼魅般的身形，凌厉的拳风对着白程怒砸而去。嘭！拳头重重地砸在深黄色的斗气铠甲上，流水一般的能量急速波动，大部分的力量被硬接下，小部分竟然直接反弹给萧炎。

再次噔噔连退两步，白程稳住身形，脸色一白便恢复正常。他抬头对着萧炎冷笑道："蛮力不错，可你不知道土系铠甲防御能力最强吗？这场战斗，我的确难以取胜，可你想要打败我，即使有龙力丹，也绝无可能！"

"是吗？那我便要让你瞧瞧，我如何击破你的乌龟壳！"眼睛里浮起一抹嘲讽，萧炎向前一踏，身形再度出现在白程面前，五指紧握，拳头收至小腹，骤然轰出："八极崩！"

　　拳头至中途,力道陡然产生变化,凌厉无匹的罡风在拳头之上形成,刺耳的音爆声,整个竞技场都清晰可闻!

　　这一刻,此前一直冷笑的白程,终于出现惊骇与恐惧!

　　因拳头的劲风而被压缩的空气弹,重重地射在了那厚实的深黄色斗气铠甲之上,一个拳头大小的坑洞出现在铠甲上,不过坑洞仅仅持续了一瞬,斗气铠甲上急速流转的斗气便将其完全修复。

　　萧炎的凌厉拳风封锁了白程周身所有空间,令其没有丝毫可避之所。白程只能睁大布满恐惧的眼睛,看着那在眼瞳之中急速放大的硕大拳头。嘭!萧炎那蕴含着凶猛劲气的拳头,重重地与那厚实的斗气铠甲撞在一起,战场中响起惊雷般的炸响!一股自双方交战以来最为恐怖的劲气涟漪,陡然自拳头与斗气铠甲接触之处,暴涌了出来。

　　这圈劲气涟漪肉眼可见,涟漪扩散速度极快,仅仅几个眨眼工夫,便从战场之中扩散了出去,直至几十米开外方才逐渐消散。劲气涟漪并未如前几次一般,让地面立刻崩裂,反而是在安静了几秒后,方才在周围一道道震惊的目光中,轰然爆发出毁灭性的力量。

　　轰!在劲气涟漪扩散出去几秒之后,原本安静的战场犹如被炸弹袭击了一般,石板爆裂,手臂粗细的裂缝向四面八方蔓延,拳头大小的碎石胡乱飙射,周围的人慌忙躲避。

　　烟雾升腾,战场中萧炎与白程依然纹丝未动,萧炎的拳头紧贴在白程斗气铠甲之上。拳头看似无力,然而那加剧颤抖、越发虚幻的斗气铠甲,即将崩裂。

　　一丝殷红的血迹从白程嘴角溢出,虽然铠甲帮他抵挡了绝大部分力量,但他依然受了一些伤。白程咬着牙,眼神暴怒而阴冷地望着面前的萧炎,拼命地催动着体内所剩不多的斗气,将它们尽数灌入斗气铠甲之内,让虚幻的铠甲再度凝实了许多。他心中清楚,若是斗气铠甲消散,那么萧炎拳头之上残留的劲气,将会让自己霎时间陷入重伤!只要熬下去,他还有胜利的希望。因为他清楚，施展了如此凶猛一击的萧炎，恐怕已经是强弩之末！

现在，便是看谁能坚持得更久！

斗气铠甲之上，宛如水波的斗气急速荡漾着。白程本身实力远比萧炎强，并且其修炼的功法也是玄阶中级，其斗气恢复速度极为强大。一时间，白程竟然好像能熬下来。

"嘿，萧炎……咳……看来连老天爷都站在我这一边啊。"感受着萧炎拳头之上随着时间推移而逐渐减弱的劲力，白程苍白的脸上浮现一抹笑容。

"那可未必。"萧炎微微抬头，脸上浮起一抹冷笑。瞧得这笑容，白程心头泛起一抹不安。由于对方拳风减弱，周围的空间不再被封锁，他抬起一脚狠狠地对着萧炎的喉咙踢了过去。

萧炎手掌下扑，将白程脚尖挡下，随即身形一闪，便出现在一块崩裂的地板之上。或许是力竭的缘故，萧炎此时的速度，明显比先前缓慢了许多。

"嘿嘿，怎么？到极限了吗？那么接下来……你干什么？"瞧得萧炎的速度慢下来，白程眼睛一亮，然而话还未说完，便见到萧炎对着他遥遥地伸出手掌，当下心头更加不安，厉喝道。

"抱歉了，白程学长，结束了！你那强榜上的位置，我帮你坐着吧。"嘴角勾起一抹冷笑，萧炎的手掌陡然一握，沉声道，"爆！"

萧炎的声音刚一落下，众人还一头雾水时，猛地听见一道沉闷的爆炸声响起。众人急忙顺着爆炸声望去，最后目光错愕地停在了脸色煞白的白程身上。此时的白程，身体上的斗气铠甲已经彻底崩裂，斗气铠甲之下的衣袍也被震得粉碎，胸口上有一个极为显眼的血红色印迹。看这伤势，倒不像是外力所为。

白程脸色惨白，有些艰难地低下头来，望着胸膛处的血印。先前一股极为隐晦的暗劲，偷偷地在其体内爆发，让他受到重伤！

"你……你……"一口殷红鲜血喷出，白程死死地盯着不远处脸色略显苍白的萧炎，指着他"你"了半天，却没有吐出半句话来，在踉跄着退了几步后，

终于在周围一道道震惊的目光中，一头栽了下去。

望着彻底晕厥过去的白程，整个竞技场都陷入了诡异的安静，很多人都还没回过神来，一个名列强榜的六星斗灵高手，竟败在了一名进入内院不到半年时间的新生手中。

萧炎捂着嘴剧烈地咳嗽了几声。先前的那番剧烈战斗，也让他消耗极大，再加上使用天火三玄变以及吞服龙力丹，当紧绷的神经放松下来时，他整个身体都有疲惫之感。

紧接而来的，是陡然爆发的雷鸣欢呼。磐门的成员那一声声高昂的吼声汇聚在一起，直冲云霄。

"吼！头儿，好样的！"

"头儿，你是最强的！"

……

与磐门等人的狂喜相比，一开始还无比嚣张的白帮成员，此刻面如土色。

周围的看客，都轻轻地拍起手掌。先前这番惊心动魄的战斗，让他们自发地对场中的胜利者送上掌声。

琥嘉与吴昊两人重重地松了一口气，望着萧炎微微点头。不愧是能令他们甘心服输的人，这场战斗，当真令人热血沸腾。

薰儿轻灵地出现在萧炎身旁，温柔地扶着他，瞧得萧炎那苍白的脸色，心疼地道："没事吧？"

萧炎笑着摇了摇头，拍了拍薰儿的脑袋，示意他并无大碍，又瞥了一眼昏过去的白程。萧炎刚欲转身离开，脸色陡然一变，他抬起头，望着竞技场的某处，一股凌厉、霸道的气息从那里蔓延而出。

"不知又是哪位学长看萧炎不顺眼？如今萧炎虽有伤在身，但萧炎定然奉陪！"眼神缓缓变冷，萧炎声音淡漠地说道。

听得萧炎声音，场中喧闹声戛然而止，一道道目光随着萧炎的视线望去，最后停在了某个阴暗处。竞技场中不乏一些强者，他们感受到那股霸道、凌厉的气息后，脸色都忍不住有些变化。

"魄力不小。"在众人的注视下，阴暗处的高大人影缓缓走出，然后径直跃起，犹如一颗炮弹，重重地落在战场之中，双脚站立的巨石裂出丝丝缝隙。

高大人影缓步走向萧炎，身上的霸道气息和令人窒息的压迫感，笼罩着整个场地。

眼神冰冷地望着面前这个身材高大的男子，萧炎眼睛微眯："霸枪柳擎？"

第四章
强榜排名

出现在场中的男子身材颇为高大,与严皓相差不多,一身布衫,脸庞坚毅,眉毛颇浓,背后斜背着一杆与其身高等长的漆黑重枪。

面前的男子给萧炎最初的印象,只能用两个字形容:霸气!不管其身材、面貌,还是背后的黑色重枪,都充斥着相同的气息,而这种气息在内院之中仅仅属于一人,那便是名列强榜第三的霸枪柳擎!

这个男子的出现,直接令竞技场陷入了沉寂,众人看向他的目光中皆带着一丝敬畏。对于这个内院中的顶尖强者,仅有屈指可数的几人能与他正面对话。

男子瞥了萧炎一眼,旋即瞟了瞟不远处昏厥的白程,雄浑低沉的声音淡淡传出:"没想到你竟然能够打败白程。"

"侥幸而已。"萧炎手掌对着战场外的玄重尺一吸,将其拿在手中,一副古井无波的模样,并未因为对方的身份而有丝毫动容。

"我们之间也有一些过节。"没有过多的废话,柳擎注视着萧炎,忽然笑道。

眉头微微一皱,萧炎自然清楚他所说的便是当初柳菲那档子事,当下也不辩解，体内仅剩的斗气顺着经脉缓缓地流淌起来，随时准备应付接下来的战斗。

"表哥。"在柳擎与萧炎对话间，又有几道影子跃入场中，领头的是一个容貌美丽的女子，她喜滋滋地对着柳擎叫了一声，然后便乖巧地站在他身后，对着萧炎投去得意的眼神。

"当初的事，没萧炎哥哥半点儿不是。不要以为在这内院之中实力颇强便傲气十足，你若真想不分青红皂白为人出头，我萧薰儿接下便是。"瞧得对方这番阵仗，薰儿微沉着脸，不顾萧炎阻拦，站上前冷冷地道。

柳擎一怔，旋即带着几分惊奇地打量着面前的薰儿。在内院，很少有人与他这般说话，如今被薰儿这般呵叱，倒是颇感稀奇，再加上薰儿气质动人，目光倒是在她身上停留了不短时间。

"哼，你算什么东西？我表哥也是你能训斥的？别以为打败了白程便可得意，萧炎也不过是个靠着丹药之力的废物罢了。"瞧得薰儿这般举动，柳菲有些不乐意了，特别是她见到一向对女色颇为淡漠的表哥竟然对薰儿颇感兴趣，心头醋意顿时涌了上来，忍不住上前一步，指着薰儿骂道。

对于柳菲的喝骂，萧炎仅仅挑了挑眉，连目光都懒得转过去。这种毫不讲理的蛮横女人，他一向敬而远之。从一开始，他的视线便停留在柳擎身上。这个家伙给予他的压迫力，丝毫不比林修崖等人弱。

柳菲的喝骂，萧炎能够当作耳旁风，但薰儿的脸色却是彻底地冷了下来，骂她倒是没什么，可骂萧炎，她绝对不能忍！

"菲儿！"柳擎眉头一皱，认为柳菲骂得有些过分了，不由得加重了语气。他抬起头来，看见薰儿脸上的寒意，刚想说点什么，眼瞳微微一缩，身体急忙向左移动一步，刚好将柳菲挡在身后。

就在柳擎移动的一刹那，薰儿猛然间掠出，两道残影出现在柳擎的左右两侧。柳擎脸色微变，手臂闪电般洞穿左右两道残影，然后便听见身后响起的清脆巴掌声……

啪！众人张大着嘴巴，满脸错愕地望着柳菲俏脸上的红印，整个竞技场都陷入了诡异的寂静。

薰儿扬起手，淡淡地瞥了一眼一脸难以置信的柳菲，冷冷地道："不要以为仗着有柳擎撑腰便可肆意妄为，这一巴掌，是替萧炎哥哥打的。"

"你，你……你这个贱女人，我要杀了你！"柳菲终于回过神来。在大庭广众下被人狠狠扇耳光，这可比砍了她一刀更让她难受。她的心头立马被羞愤充斥，脸因为愤怒涨得通红，她尖声骂着，对着薰儿的脸猛地抓去。

薰儿冷漠地望着疯狂的柳菲，纤手之上，灿烂的金色光芒逐渐浓郁，其中蕴含的凶悍劲气，令柳菲身后的几人脸色大变。他们赶忙闪身上前，将柳菲护在身后。

"这位同学，未免有些过分了吧？"柳擎再度拦在薰儿面前，沉声道。

"自取其辱，怨不得人。"薰儿淡淡地瞥了柳擎一眼，纤手中金色光芒依然璀璨。即使面对在内院强榜排名第三的强者，她依然没有丝毫畏惧。

"薰儿，回来！"萧炎皱了皱眉头，低喝了一声。

薰儿脚尖轻点地面，犹如蝴蝶般轻飘飘地落在萧炎身旁。瞧得萧炎微皱的眉头，薰儿却是俏皮一笑。

萧炎无奈地摇了摇头，拉住薰儿，将其护在身后。虽然明知这个妮子的实力不比自己弱，但是他依然不愿让薰儿出手。

柳菲捂着脸不断地低声哭泣，身旁的几人连忙安慰，柳擎也微沉着脸。

"哈哈，今天这里还真热闹，刚看了一场男人间的战斗，现在又换女人上场。"怪异的气氛，被一道笑声打破，旋即几道人影齐齐出现在场地中。

"林修崖？严皓？哇，今天这竞技场吹什么风了，这些平日只知闭关的家伙，竟然一起出现了！"

瞧得林修崖几人出现，周围顿时响起了窃窃私语。萧炎也是一怔，旋即笑着与他们打了声招呼。

林修崖先是凑上来与萧炎笑谈了两句，旋即背对着柳擎等人，对着薰儿竖了竖大拇指，低声笑道："解气。"

薰儿瞥了一眼林修崖，脸上没有表情，只是微微点了点头，便将注意力放在萧炎身上。见自己近乎被无视，林修崖也只能嘿嘿一笑，有些尴尬地摸了摸鼻子。被女人这般对待，还真是这么多年来首次。

"哈哈，抱歉，这妮子性子就是这样。"萧炎无奈地拍了拍薰儿的脑袋，对着林修崖笑道。

"有个性嘛。上次走得匆忙，还未跟你道谢呢，若不是你出手，我们几人或许就回不来了。"林修崖笑了笑。他说这话时并没有刻意压低声音，柳擎等人都听得清清楚楚。

"嘿嘿，我说柳擎，你今天不会也想乘机挑战萧炎吧？人家可是受了伤。"严皓笑了笑，快人快语地说出了最关键的话。

"乘人之危的事，我还不屑为之。"柳擎淡淡地道，"既然如今他打败了白程，也跻身强榜，那么一个月后强榜大赛也够资格了，到时候自有机会。"

"今天这事，是女人之间的争吵，我也不想找她麻烦。但是菲儿也不能白白挨打，到时候若是在大赛中遇见，你便施展全力吧，我对你倒有几分兴趣。"柳擎略微沉吟，抬头对萧炎道。

柳擎这话无疑带着几分挑衅，竞技场中一道道目光立马转移到萧炎身上。能够接到柳擎的挑战，无疑也说明了萧炎的实力。

萧炎轻笑一声，抱拳回答，话语中没有丝毫胆怯，这般气魄令不少人暗暗点头："到时自然奉陪。"

宽敞的大厅之中，萧炎缩在椅子上听着薰儿诉说他离开后磐门的一些状况，偶尔伸个懒腰打个哈欠，那副懒洋洋的模样令薰儿只得住嘴，无奈地摇摇头。

"琥嘉的伤势如何了？"见薰儿停下那些无聊的话题，萧炎这才提起了一些

精神,笑着问道。

"她这次受伤不轻,不过有你炼制的丹药,痊愈只是时间问题。再者,我瞧得她气息的波动,似乎隐隐有突破到九星大斗师的迹象。"薰儿微笑道。

闻言,萧炎的脸上掠过一抹惊讶,旋即微微点头。琥嘉与吴昊的修炼天赋都极为上乘,要不是他有地心淬体乳,不然不可能如此快速地超越他们。

"这两天,外面平静些了吧?"端着身旁茶水浅浅地抿了一口,萧炎忽然苦笑着问道。

距离在竞技场打败白程,已经过去了足足两天。这两天,萧炎足不出户地待在这间屋里,一来是因为那场战斗耗尽了他的精力,二来便是打败白程后,自己已一跃成为强榜高手。

按照规矩,这内院的强榜,只要有人能够打败其上之人,那么胜者便可取而代之。白程在强榜上排名第三十四位,如今萧炎打败了他,不仅一跃成为强榜高手,还占据了这个名次。

强榜之上,每提升一个名次,都要经历极为艰难的搏斗。不过,虽然跻身强榜颇为困难,但是一旦进入强榜,丰厚的待遇足以让大多数人眼红与羡慕。据萧炎所知,他这个强榜第三十四名,每个月能够从内院领取两百天火能。虽说如今萧炎因为能够销售丹药,已经不再缺少火能,但这两百天火能放在别人眼中,可是一笔极为丰厚的奖励。

强榜上每晋升一个名次,所获得待遇便会丰厚许多。因此,在萧炎打败白程占了强榜第三十四名之后,便陆续有人跳出来,一沓一沓的挑战书被送进磐门中。虽说萧炎当日在竞技场中展现的实力极为强悍,但毕竟他仅仅是一星斗灵,很多人都认为打败萧炎并不困难,毕竟如今他已经没有第二枚龙力丹可服用。

萧炎被那一摞摞的挑战书搞得格外头疼,于是他对外宣称自己养伤休战,让那些想要借助自己这块踏板提升地位的人无奈地干瞪眼。毕竟内院之中有规矩，受伤者有权利拒绝别人的挑战，而且不必有任何顾虑。

"哈哈，想要挑战的人倒是比昨天少了许多，但是我想只要萧炎哥哥一走出磐门，立马会出现七八个人向你挑战。"薰儿掩嘴轻笑道。

萧炎无奈地摇了摇头，他没想到这个强榜高手竟然会带来这么大的麻烦。看林修崖他们，好像每天都很潇洒啊，哪像自己这样，被这些挑战书搞得焦头烂额。

"唉。"无聊地趴在椅子上，萧炎喃喃道，"不知道那大赛什么时候开始……"

"哈哈，萧炎，两个月不见，没想到你竟然突破到斗灵了，并且还把白程打败了，这消息可真是震撼啊！我在天焚炼气塔中听到时，还有些不敢相信呢。"紧闭的大门忽然被推开，一道熟悉的笑声传进来，林焱的身影出现了。

萧炎抬起头，望着满面笑容的林焱，笑道："原来是林焱学长。怎么样？体内火毒都好了吗？"

"多亏了你的那些药液，如今火毒已经基本被清除了。"林焱与薰儿打了个招呼，随意寻了一把椅子坐下。现在他眼睛之中的火红消散殆尽，并且整个人少了一分暴躁，多了一丝冷静，观其气息，似乎实力精进了不少。

"啧啧，竟然还真到了斗灵，你这修炼速度，实在是有些让人无语啊。"感受到萧炎体内那股较以前强横了几倍不止的气息，林焱不由得惊叹道。

萧炎笑笑，对着薰儿挥了挥手，后者马上乖巧地从一旁取过茶水，微笑着递给林焱。

"嘿嘿，听说薰儿学妹在竞技场连柳擎都不放在眼里，如今却给我端茶递水，萧炎，有两手啊。"林焱连忙接过茶水，冲着萧炎竖起大拇指。

萧炎无奈地摇头，这个林焱在驱除了火毒之后，虽然没有以前那般暴躁，但是仍旧管不住自己的嘴。

"竞技场中的事，我也听说了，没想到你还真和柳擎杠上了，那个家伙可不

是一盏省油的灯。"林焱收起笑容，正色道。

"强榜前十的，有哪个是省油的灯？"萧炎笑了笑。萧炎还仅仅是大斗师时，就算有佛怒火莲这等底牌，也忍耐着并未与白程正面冲突。因为他知道，大斗师和斗灵之间的差距实在太大，就算有强力斗技，一旦未能一举击败对手，自己就会陷入困境。但是现在不同了，他已踏入了斗灵，虽说与柳擎这等斗灵巅峰强者还差了好多个级别，可真要拼斗起来，就算对方能胜过他，也要付出极为惨重的代价。

见萧炎并不怎么担忧，林焱笑着道："真有魄力，你小子一直让人难以捉摸。你能这般狂傲，想必有着隐藏的本钱，我倒有些多虑了。"

萧炎笑了笑，不想在这个话题上继续纠缠，沉吟了一会儿，道："林焱学长可否告诉我，那强榜大赛究竟何时开始？"

"哦，如今你也在强榜上有名，这大赛倒真关你的事了。"林焱笑着点了点头，道，"算算时间，一个月之后，大赛就要开始了。怎么，难道你也对那前十有想法？"

萧炎不置可否地笑笑，将茶杯在掌心中转了转，轻声道："不知道那柳擎究竟排名第几？"

林焱沉默了一会儿，伸出三根指头。

"第三？"萧炎默然，这个柳擎的实力出乎他的意料。

"第二是林修崖，第四是严皓，第五到第八都是内院声名赫赫的家伙。我嘛，就在第九第十徘徊。嘿嘿，当然，这是以前的排名。如今我体内火毒尽数被驱逐，实力涨了不少，若是再度排名，我相信我能挤进前六。"林焱嘿嘿笑道。

"林修崖竟然是第二？"萧炎脸上划过一抹讶然，没想到林修崖排名竟然比柳擎还高一名。不过心中想想，倒也释然。当初在谷口，林修崖生生地挨了觉醒狂暴血脉的雪魔天猿一击后，依然活蹦乱跳。若是换个其他斗灵巅峰，恐怕当场就得毙命，这家伙，的确有着不俗的实力。

"别小看林修崖，这个家伙一身风属性斗气已至炉火纯青的地步，而且他本身背景深厚，所习功法斗技，无不是常人奢望的高阶，难缠得很。"林焱郑重地道。像他这么狂傲的人，对于林修崖竟也有几分敬佩。

萧炎微微点头，见识过林修崖与雪魔天猿的战斗，他自然不会小觑这等强者，心中略微沉吟了一下，忽然笑道："这第二第三都有了，那第一又是谁？"

林焱陡然僵住了，脸上隐隐地闪过一抹畏忌之色。他张了张嘴巴，竟然没有吐出那个内院所有老生畏之如虎的名字。

看见林焱脸上闪过的一抹畏忌之色，萧炎微微一怔，旋即轻皱眉头。自从认识林焱以来，这个狂傲的家伙从未对任何人表现出畏忌之情，就算是面对林修崖、柳擎这等人物，也不过是对他们的实力有些佩服而已。然而现在，这个素来在内院以狂著名的林焱，却陷入了沉默，并且露出这般神情，这让萧炎难以保持平静。

"哈哈，随便问问而已。"尴尬气氛持续了一会儿，萧炎微微一笑，将手中茶杯轻轻放下，笑着道。

林焱苦笑着叹了一口气，道："那个家伙，我实在不想提，一个月之后的大赛你就能见到他。事先奉劝一句，若是在比赛中遇见，千万不要触怒那家伙，实在不行，认输也行。"

微抿着嘴，萧炎默然点头，那个强榜第一的家伙，竟然强大到这般地步吗？萧炎对那强榜第一生出一丝好奇来，能够让林焱说出这种话，那家伙难道有三头六臂不成？

"你想要冲进强榜前十，那可比打败白程困难十倍。如今前十的那些家伙，实力无不在斗灵巅峰，战斗经验更是极其丰富，同时各自也有拿手的强悍斗技，战斗力远非白程这种家伙可比。"林焱嘿嘿笑道，直白的话语倒并未给萧炎留多少面子。

苦笑了一声，萧炎道："尽力而为吧。"

"要不我们打一场？你若是能在我手中坚持几个回合，说不定有机会。"目光在萧炎身上转了两圈，林焱的眼神猛然间炽热起来，颇有些迫切地说道。

萧炎瞧得林焱那副饥渴模样，忍不住浑身一颤。这个家伙的嗜战欲望能和吴昊相比，他可不想和这种一战斗起来就变成疯子的家伙较劲，连忙摆手道："算了，算了，我如今还未痊愈，还是等以后吧。"

听得萧炎拒绝，林焱失望地点了点头。在天焚炼气塔中修炼了半个月，他只感觉自己的手一阵阵发痒，很希望现在能有人和他畅快淋漓地打一场。

萧炎赶忙转移话题，与他聊了一会儿别的，便迫不及待地找借口将他送出门去。

见萧炎将林焱送走后重重关上门，薰儿忍不住笑着摇了摇头，看到萧炎佯怒的样子，又赶忙将笑容收起，俏皮地道："我知道，不是萧炎哥哥怕他，只是担心切磋的时候伤到他。"

"你就嘚瑟吧。"被薰儿开涮了一通，萧炎尴尬地摸了摸鼻子，瞥了一眼外面的天色，略微沉吟后，道，"我想去郝长老那里瞧瞧。他掌管着内院的药材管理库，我正缺少一些紧要药材，若是他那里有的话，说什么也要骗一点儿出来。"

薰儿点点头，问道："你缺少药材？最近我们磐门的采药队也组建好了，并且进过几次山，收获还不小呢，说不定里面就有你需要的。"

萧炎苦笑了一声，他需要的药材连他都没见过。不过也不好拂薰儿的好意，所以顺口说出了其中一种药材的名字——龙须冰火果。

听得这个名字，薰儿皱眉思索了一会儿，只得无奈地摇了摇头。她记得采药队的那些单子，并未在其中发现这一味药材。见薰儿这般模样，萧炎并未感到意外，他笑了笑，与薰儿打了一声招呼，便蹿了出去。

出了门，萧炎左右望了望，寻了个偏僻之处，将紫云翼召唤出来，跃上高空，这才向着新生区域之外飞去。从门口飞过时，他向下瞟了瞟，果然发现一些探头探脑的家伙守在门旁，他苦笑了一声，振动双翼，身形借着夜色的掩护，消失在空中。

内院之中强者众多，萧炎并不想招惹麻烦，他避开了那些挑战者，在人迹罕至处落下，收回紫云翼，这才快速地向着内院的药材管理库行去。

作为内院存放珍贵药材的地方，这药材管理库有着颇为森严的防卫，不仅有郝长老这位斗王强者坐镇，还有十来位导师二十四小时巡逻。这种区域，一般学员禁止入内。或许是郝长老交代过的缘故，一名巡逻导师将萧炎拦下之后，并未将其驱逐，而是在确认身份后，将其带到郝长老面前。

"哈哈，两个月不见，竟然直接晋阶斗灵，而且还把身为六星斗灵的白程打败了，还真是不赖啊！"正在审阅药材存放文件的郝长老，听得萧炎来见，赶忙放下手中的东西，望着萧炎笑道。

"侥幸而已。"萧炎冲着郝长老行礼，笑了笑。待那名导师出去之后，萧炎方才轻声道出了此行目的，"此次前来，主要是因为炼制一味丹药缺少一种药材，所以想来此处看看，不知能否寻到。哈哈，如今实力涨了一些，炼制那龙力丹，成功率怕是能提升不少呢。"

萧炎紧紧地盯着郝长老的脸色，瞧得长老听见他的后半句话时略显喜悦，萧炎心中松了一口气。

"哈哈，这些药材存放在此处，迟早都会被炼药系的那些老浑蛋找借口取走。"挥了挥手，郝长老有些殷切地走近萧炎，拍了拍他的肩膀，笑道，"萧炎啊，我也不与你说什么废话。你若是能够炼制出一枚让我满意的丹药，我就让你随意地在这药材管理库中取走一种药材，如何？"

闻言，萧炎一怔，一种药材换一枚丹药？这个……

"你也别认为我是在占你便宜，我想连你都难以寻到的药材，应该非常稀少，这种等级的药材换一枚丹药，你也算不上吃亏，怎么样？"见萧炎迟疑，郝

长老嘿嘿笑道。

萧炎沉吟了一会儿，点了点头。若是这里真有炼制地灵丹的最后一种药材——龙须冰火果，用一枚龙力丹换取，倒也不算吃亏。

"好，就依长老。"

听见萧炎答应，郝长老的脸上顿时浮现一抹灿烂笑容，额头上的皱纹也舒展了许多。他随手抛出一件雪白之物，道："这是药材管理库收藏珍稀药材的地方，你去那里寻找吧，若是找到了，再来履行我们之间的交易。"

萧炎连忙接过那件雪白之物，仔细一看，原来是一块白玉打造的玉牌。玉牌之上雕刻着栩栩如生的各种药草，隐隐间有股淡淡的药香，令人心旷神怡。

"这内院果然底蕴深厚，连这玉牌都是使用极为罕见的玉料制成的。"萧炎握着玉牌，心中嘀咕了一声，转身朝珍稀药材管理库行去。

"对了，小家伙，记住只寻找你所需要的东西，其他东西可不要乱动。那里的东西都是有标记的，只要稍稍一动，我就能够察觉。"在萧炎进门前，郝长老提醒道。那里面的药材太过珍贵，容不得内院不做一些防护。

"哈哈，长老放心，萧炎并不是贪心之人。"萧炎笑了笑，明白郝长老是在提醒自己不要动贪念。

郝长老笑了笑，挥了挥手，然后重新坐回椅子，继续审阅那些药材存放文件。

萧炎推门而入，门后是一条宽阔的走廊，走到走廊尽头，淡淡的能量笼罩此处。萧炎四处望了望，瞧得一旁墙壁上的凹槽，便上前一步，小心翼翼地将白玉牌贴了上去。

贴上白玉牌后，面前的能量罩的光芒逐渐减弱，过了一会儿，终于完全消散。萧炎取回白玉牌，望着隐藏在能量罩之后的木门，迫不及待地搓了搓手，然后推门走进珍稀药材管理库。

第五章
神秘小女孩

木门后是一个被淡淡的荧光笼罩的宽敞房间。缓步走进房间,萧炎四处望了望,脸上涌上一抹惊叹。整个房间的内壁,都被一层乳白色的玉石包裹,就连脚底下的地板,也是用一块块极为整齐的白玉拼接而成,而那些淡淡的荧光,正是从这些白玉中散发的。

"真是大手笔啊!"萧炎惊叹不已。这些白玉颇为昂贵,用来保存药材有着极为不错的效果。在这种密闭空间中,那些珍稀的药材几乎不会流失药效,能够大大延长存放时间。这等布置,远非萧炎的纳戒可以相比。

被白玉包裹的宽敞房间之中,设有好几条走廊,走廊两旁摆放着同样由白玉打造的高大柜台。萧炎随意地走进一条走廊,目光向柜台之中一瞟,便瞧见一株株外形奇异、极为罕见的药材。

"阴含魔焰草……紫灵塑体花……这个,好像是叫……寒血果?"

柜台内陈列的一株株奇异药材,令萧炎感到越来越惊奇,甚至一些药材他连名字都叫不出来,从药材内散发出的药香分析,它们绝对是万中无一的灵药。

花了近十分钟,萧炎方才走完一条走廊,其中并没有龙须冰火果。咽下一口唾沫,若不是理智尚存,他早就将这些药材尽数收进纳戒之中。如果真干了这种事,这内院他是待不下去了,陨落心炎的事,也会因此泡汤。这些药材虽然珍稀,但也无法与陨落心炎相比。

萧炎紧紧地盯着一株通体血红、形状弯弯曲曲宛如一条蟒蛇的奇异干枯树枝,心跳又加快了许多。他认识这东西,药老曾经向他提起过,它叫血蟒枝,是一种很罕见的药材,是炼制斗灵丹的主要材料。

斗灵丹,只限在斗王时服用,服用一枚,便能够毫无风险地上升一个等级。不过,也只能服用一枚,再服用,便会因为对丹药的抗性而白白浪费。到了斗王那个级别,想要提升一个等级,花费几年时间也是常有之事,而这小小一枚丹药便可以省去这些时间,还没有任何副作用,怪不得那些斗王强者会为之疯狂。

"唉,看得碰不得。"努力将视线从这株血蟒枝上移开,萧炎苦笑了一声,努力拧转身子朝着另外一条走廊走去。

整个宽敞的白玉房间之中,分布着六七条走廊,其中存放的药材多达百种,并且都极其罕见。萧炎一条条走廊逛过去,在即将到达最后一条走廊时,他的脚步终于又停了下来,眼神灼灼地望着面前的柜台。

柜台内有一个精致的玉盘,玉盘中有一个巴掌大小的果子。这果子颇为奇异,一半为红色,一半为白色。红色的这边渗透出炽热;而白色一边,却散发出阵阵寒气。两种完全不同的属性,极为完美地融合在一颗果子之上。另外,在这蕴含着冰火两种属性的果子的表面,隐隐有一道道线条。这些线条错落有致,似乎依循着某种规律,可细细看去,却是一团乱麻,无法捉摸。

萧炎惊喜地看着这枚奇异的果实,之前听过药老的描述,他能够断定,面前的这颗果子,应该就是他苦寻而不得的地灵丹的最后一种药材——龙须冰火果!

"终于找到了，这内院果然收藏丰厚，连这等稀罕药材都有。"萧炎兴奋地搓了搓手，就欲伸手将这枚龙须冰火果取出。

然而就在其手掌刚刚伸出时，一只极为纤细的小手凭空出现，在萧炎惊愕无比的目光中，将玉盘上的龙须冰火果拿了出来。目标被夺，萧炎竟然没有反应过来，愣愣地望着空空如也的玉盘，片刻之后，他猛地转过头，带着几分骇然地望向身旁。

瞧得身旁那只小手的主人后，萧炎的嘴角微微抽搐了一下。这是一个到他腰间的白衣小女孩，年龄不过十二三岁，一头淡紫色的长发垂至腰间，脸极为白嫩，粉雕玉琢。一对乌黑水灵的大眼睛对着萧炎眨了眨，犹如有一股魔力，让萧炎心中的骇然顿时消散。

萧炎喉头滚动了一下，目光缓缓下移，发现小女孩左手抓着一株犹如金属的金色药材，右手紧紧地抓着他此行的目标——龙须冰火果。萧炎眼睛眨了眨，回想着刚才的一幕，心中无比震惊。这个小女孩，究竟是何时来到自己身边的？若不是刚才她伸手取龙须冰火果，萧炎根本不知道自己身旁还站着一个人。

白衣小女孩睁着无辜的大眼睛看了萧炎半响，然后拿起手中那株金属般的药材，放进小嘴中，看样子，竟然是想一口咬下去。

"不要！"萧炎条件反射地喊了一声。他认识这东西，这是一种名为金刚菩的珍稀药材，坚硬如钢铁，别说用牙齿咬，就是寻常火焰，也奈何它不得。

对于萧炎的喊声，小女孩没有丝毫理会，整齐雪白的牙齿用力咬下，旋即清脆的如山岩断裂的声响，回荡在宽敞的房间内。

萧炎呆滞地望着金刚菩上的一个细小缺口，在缺口上依稀还能看见几个牙印，一滴滴金黄色液体从缺口处滴落，落在雪白的白玉地板上，极为刺眼。

咯吱，咯吱……小女孩牙齿不断地咬动，一丝金黄色的液体从其嘴角溢出，滑落至下巴。那坚硬如钢铁的金刚菩，在这个小女孩嘴中却犹如寻常的零食，轻易地被咬得粉碎，最后咽进肚里。

萧炎呆呆地盯着她看了半天，终于回过神来，望着这白衣小女孩下巴上的金黄液体，大为心疼，这也太暴殄天物了吧？

用粉嫩的手背随意抹去下巴上的金黄液体，白衣小女孩瞥了萧炎一眼，乌黑的大眼睛中带着些许漠然。随后，她举起另外一只手上的龙须冰火果，小嘴微张，看样子也要将这东西咬上一口。

萧炎骇得魂飞魄散，这龙须冰火果他好不容易方才寻到，若是被她这样一口咬了，他何时才能遇见第二颗？

"别吃！"萧炎急忙探出手，欲夺回龙须冰火果。

萧炎的手掌刚刚伸出，小女孩那握着金刚菩的小手也闪电般伸出，用两根雪白粉嫩的手指，将萧炎的手掌轻轻夹住。萧炎的脸色骤然一变，他使劲地抽了抽手，却没有令小女孩手臂有丝毫的颤动。这……这个小女孩究竟是什么怪物？这般年龄便有这种力量……心中念头急转，萧炎感到自己的后背满是冷汗。

夹住萧炎的手掌后，白衣小女孩动了动小嘴，淡漠的稚嫩声音在房间内响起。萧炎甚至从这稚嫩声音中，听出了一些杀意："你想抢我的东西？"

与那双乌黑的大眼睛对视片刻后，萧炎干笑道："小妹妹，这个东西不好吃的，你还是还给我吧。"

"我要长大，就要吃它们！"小女孩平静地道。

"长大可是需要时间的，你这样做，可是揠苗助长，没有半点儿好处。"萧炎面上不动声色，心中却无比紧张。这个小女孩已经吃了一株珍稀药材，若是郝长老追究起来，自己恐怕又有麻烦了。

"时间对我没用！"小女孩听了萧炎的话，脸色一沉，大声道。

"老天！"萧炎彻底崩溃地拍了拍额头，这小女孩究竟是从哪里跑出来的怪物？不仅力量大得惊人，言辞还颇为怪异。若她只是一个普通小女孩，萧炎就算顶着欺负小孩的骂名，也要强行将龙须冰火果抢回来。但是先前这个小女孩以两根手指便让自己动弹不得，她若是发起飙来，自己怕是没什么好果子吃。

"你吃了这里的药材，郝长老会找你麻烦的。"萧炎苦笑了一声，提醒道。

"那个老头儿？我才不怕呢，他知道了也不敢拿我怎样！"小女孩煞是可爱地翻了翻大眼睛。

萧炎的眼皮跳了一跳，心里琢磨了起来：这个小丫头这么目中无人，难道是院中长老的孙女不成？但是长老地位相差不多，他们的子孙可不敢对别的长老如此说话。难道说，这白衣小女孩是大长老或者最神秘的院长的孙女？

"我今天心情好，不打你，你赶紧走吧，别惹我。"小女孩又咬了一口金刚菩，声音含糊地说。再次将一口金黄液体吞下，她皱了皱眉，低声嘟囔道："真难吃。"

萧炎听见她的嘟囔，不由得有些无语。若是别的炼药师看见她这般糟蹋珍稀药材，并且还嘟囔难吃，恐怕会被气得七窍生烟吧？萧炎无奈地摇了摇头，刚欲说话，心头微微一动。他脸上浮现极为柔和的笑容，蹲下身来，柔声道："小妹妹，这些药材都不好吃吧？"虽然这些药材蕴含着极为精纯的药力，但是直接生吞，味道自然不会好到哪里去。

"嗯嗯……难吃！"白衣小女孩极为赞同地点着小脑袋。虽说有时候她有一些淡漠，但是骨子里依然和一个正常的小女孩没什么区别。

"难吃的话，你就把这个果实还给哥哥好不好？我请你吃好吃的。"萧炎笑眯眯地道。

"不行！你请我吃的那些东西，有这么强大的能量吗？"听见萧炎要她交出龙须冰火果，小女孩顿时警惕起来，摇着头道。

萧炎笑容一滞，这些药材集天地之精华，寻常食物怎么可能蕴含这般强悍的能量？令萧炎难以置信的是，这未经过炼制的药材虽然药力精纯，但是比丹药的药力要更加狂野，面前这个小女孩的身体，竟然能够承受住这等能量的冲击。

萧炎苦恼地摸着额头，片刻后，他试探地道："要不，我帮你把药材稍稍炼

制一下，让它们变得好吃一点儿？这可比生吃药材好多了。"

"炼制？"嚼动的嘴巴一停，小女孩乌黑的大眼睛猛然一亮，"你是炼药师？"

瞧得小女孩这副表情，萧炎心道有戏，赶忙点了点头，道："只要你将这龙须冰火果还给我，我就帮你把药材炼制得好吃一些，怎么样？"炼制丹药是极其烦琐的工作，但若是仅仅将一种药材炼制成药丸，在其中加一点儿令它变得好吃的料，倒费不了多大的工夫。但是这种仅仅用一种药材炼制的药丸，并未让其药力更加温和，而且这种药丸并没有太大的用处。因此，很少有人会炼制这种药丸。

闻言，小女孩望着手中那枚看似很好吃的龙须冰火果，踌躇良久，方才不舍地点了点头，将其递给萧炎，接着龇牙咧嘴地道："你若是炼制出来的丹药不好吃，我不仅要将它抢回来，还要一口吃了你！"

"吃了我？就靠你这小嘴吗？"萧炎暗自发笑，赶紧将龙须冰火果塞进纳戒之中，生怕这来历不明的小女孩反悔。

"东西你拿走了，赶紧给我炼。"小女孩脆生生地说道。

"嘿嘿，不急，我们先出去，我拿了龙须冰火果，要和郝长老交代一下。"萧炎笑眯眯地道，朝药库门外走去。他要将这个小女孩带到郝长老面前并说明情况，不然，若是郝长老将这金刚菩也算在自己头上，那他可要亏死了。

"和那老头儿有什么好交代的？"小女孩嘟囔了一声，抓着金刚菩，跟上了萧炎。

听得身后的脚步声，萧炎这才在心中松了一口气。他快步走出药库，将白玉牌贴在墙壁上，瞧见那再度涌现的能量罩，脸上顿时露出如释重负的笑容。

"这破防御罩又没半点用，也就是个摆设。"小女孩撇了撇嘴，白嫩的小手直接伸进能量罩中，竟然没有受到任何阻碍。

萧炎张大嘴巴望着小女孩的举动，心中一片茫然，这能量罩难道真的只是摆设？他也伸出手来，对着能量罩戳了过去，然而手指刚刚接触能量罩，便犹如触摸到钢铁，用力一戳，指尖隐隐作痛，未曾进去半点。显然，这个能量罩的防御力极为惊人，这个小女孩为什么能够视若无物？

"咯咯，笨蛋！"小女孩清脆稚嫩的笑声，在走廊上回荡。

萧炎尴尬地收回手指，刚想说点什么，白衣小女孩却哼了一声，潇洒地转身，大步朝走廊外走去，留给萧炎一个后脑勺。

"这小女孩……究竟是什么怪物啊？"萧炎无语地望着小女孩的背影，忍不住在心中无力地叹息道。

安静的房间里，郝长老依然埋头书桌，查看文件，听见开门声后，方才头也不抬地笑道："怎么样，萧炎？找到需要的药材了？"

话音刚落，郝长老便觉得气氛不对，抬起头来，见到萧炎那张写满无奈的脸，目光再往下移，一个有着淡紫色长发的白衣小女孩，出现在他的视野中。

郝长老眨巴着老眼望着白衣小女孩，片刻后，他回过神来，顿时从椅子上跳了起来，怒道："你怎么又来了？"他看到小女孩手中那被咬了两口的金刚菩后，更是怒目圆睁，"你把我这里当饭馆了，隔三岔五便过来打牙祭？你想要药材，难道自己不会去深山找啊？"

"自己找那么麻烦，这里有现成的，我为什么不能吃？你这老头儿废话真多，再啰唆，小心我打你。"瞥了郝长老一眼，小女孩似是示威一般，还张开嘴巴大大地咬了一口金刚菩。

郝长老气得直翻白眼，这位在内院被学员们敬畏有加的长老，却只能恨得牙痒痒，看他那副模样，似乎颇为忌惮面前这小女孩。

"你快点，还要给我炼东西呢，再拖延的话，我一口吃了你。"目光转向萧炎，小女孩催促道。

萧炎苦笑了一声，上前一步道："郝长老，东西我已经拿到，您可以清查一下。现在就请您给我两份龙力丹的药材吧，我帮您炼制。"

听得萧炎的话，郝长老的脸色这才稍稍好看了一些，从纳戒中取出大堆药材放于桌上，低声道："你怎么撞见她了？你没什么事吧？"听他的口气，仿佛这个小女孩就是个吃人的恶魔。

"我也不知道。"萧炎苦笑着摇了摇头，将桌上的药材收好，简要地将先前的事情说了一遍。

"呃……你还真是挺倒霉的。唉，好好伺候这位姑奶奶吧，别让她发飙，不然很可怕的。"郝长老有些同情地拍了拍萧炎的肩膀，道。

萧炎被郝长老这副表情搞得浑身不自在，忍不住道："她究竟是什么人？"

"人？谁说她是人了？"翻了翻白眼，郝长老撇着嘴道。

"她……她不是人？"微微一怔，萧炎额头上的冷汗唰的一下便冒了出来。

静室之中，萧炎眼睛眨也不眨地望着盘腿坐在对面的白衣小女孩，他实在没想到，这么可爱的一个小女孩，本体竟然是一头魔兽。萧炎还是第一次见到化作人形的魔兽，心中很是惊异。

"难怪她敢生吃药材，以魔兽那种强悍体格，这些药材药力虽然狂野，但是也在其能够忍受的范围之内。"

"你看够了没有？赶紧给我炼啊！"被萧炎盯得有些冒火，小女孩将手中的金刚菩狠狠地丢了过去，怒道。先前郝长老对萧炎说话时虽然压低了声音，但还是被她听见了。

萧炎接过金刚菩，笑着点了点头，挥手将药鼎召唤出来。先前的药鼎在比试时炸裂，所以这一次萧炎使用的药鼎，是比试后去交易区淘回来的，品阶并不算很高，与先前的药鼎相差不多，勉强凑合着用。

手掌挥动，一缕青色火焰在指尖形成，萧炎刚欲将其投进药鼎，却愕然发现小女孩有些慌乱地向一旁挪动。看她那有些紧张的样子，萧炎恍然大悟，想必是她感应出这青莲地心火的不一般吧。一般来说，对于火焰，只要不是火属性的魔兽，都会有些排斥。

"哈哈，没事。"萧炎笑着安慰了一句，便将这缕火焰丢进了药鼎中。瞧得火焰进入药鼎，小女孩紧绷的身体方才逐渐放松下来。

待火焰将药鼎熏烤了一会儿后，萧炎便随意地将金刚菩丢了进去，手掌一挥，熊熊火焰在药鼎内剧烈地翻腾起来。这种炼制算不上困难，只要火候足够便可，不用消耗萧炎多大精力。

在炼制之余，萧炎将目光转向一旁的白衣小女孩。自从知道她是魔兽后，萧炎对她的兴趣大增。小女孩乌黑的大眼睛眨也不眨地盯着药鼎内。

"小妹妹，我想问个问题，你能否回答我？"萧炎咳了一声，笑眯眯地道。

"什么？"目光没有丝毫的转移，小女孩随意地张了张嘴。

"我记得魔兽要幻化成人形，至少需要斗皇吧？你难道……"萧炎嘿嘿笑道。他实在难以相信这个小女孩具备了斗皇实力，虽然其力量极其恐怖，但是萧炎暗中掂量了一下，应该只有斗王吧？

"我没那么强，只是不小心吃了一株极为罕见的化形草，然后就变成这个模样，再也变不回去了。我吃这些药材，就是想快快长大，然后我就能随意地在兽体与人身之间变化。"提起这个，她似乎兴致不高，皱着眉头。

"化形草？难怪……"化形草是炼制化形丹最主要的材料，因此也有着化形丹的一些效果。若是实力达到斗皇的魔兽吃了它，便能够随意变幻人形，但若是实力未到斗皇便将其吃下，则会一直停留在人形，直到其突破到斗皇。

"你父母呢？"萧炎瞥了一眼药鼎内在青火炙烤中逐渐融化的金刚菩，随意地问道。

"没有。"小女孩低垂着脑袋，双手环抱膝盖，雪白整齐的牙齿紧紧地咬着嘴唇，乌黑的大眼睛中略有些水汽，"从有意识开始，我就独自生活在深山中，小时候被欺负了也只能灰溜溜地逃跑……直到后来吃了化形草，偶然遇见内院的大长老，他带我来到内院，就在这里待了下来。"

萧炎微微一怔，望着小女孩那倔强模样，感到有些心疼，便轻轻叹息了一声，柔声道："至少你在这里没有再受到欺负。"

"那些家伙都对我怕得要死，哪敢欺负我？像你这种，我一口就能把你给吃了。"小女孩的脸上又扬起了一抹得意。

"以后别再说这种话，你现在可是人类身体呢。"萧炎无语地摇了摇头，她也不看看自己的小身板，说出这种话让人笑掉大牙。

"哼，本来就是，尽管我从未吃过人。"小女孩嘟囔道，与萧炎交谈了一会儿，对他的态度倒是好了许多。

"那最好还是不要吃。"萧炎嘀咕了一声，手掌一挥，一撮粉末落进药鼎之中，旋即与其中金黄色的黏稠液体融合在一起。十指猛地在面前急速舞动。药鼎内的金黄色液体急速分离，最后化为几十个细小的液体团。

"凝！"一声轻喝，液体急速凝固为几十粒金灿灿的药丸，在青火之上滴溜溜地旋转着。

"这种炼制可真是简单，若是炼制丹药能这般轻松多好啊！"萧炎望着那些散发着金色光芒的药丸，苦笑了一声，手一挥，几十粒金色药丸便从药鼎之内飙射而出，最后落进他手中的玉瓶内。

"喏，尝尝吧，味道应该会比你生吃药材好上许多。"萧炎将手中玉瓶递给一旁眼巴巴望着自己的小女孩，笑着道。

"嗯嗯。"小女孩连连点头，迅速地倒出一粒金色药丸，直接一口丢进嘴中，使劲地嚼了起来。

"好吃……"小女孩三下五除二便将药丸嚼碎，咽进肚里，她舔了舔嘴唇，有些意犹未尽地望着手中的玉瓶。

萧炎笑了笑，又挥手从纳戒中取出炼制龙力丹的药材，边整理边道："这些药丸你自己吃就好，可别拿给其他人吃。"这种药丸连丹药都算不上，也就是她这般强悍的体格能够承受，换作其他人，不死也要脱层皮。

"我自己还嫌不够呢。"嘟囔了一句，小女孩站起身来，故作老成地拍了拍萧炎的肩膀，"干得不错！以后有人欺负你，就来找我，我帮你出头。这内院，还没我不敢惹的人。"

萧炎哭笑不得地摇了摇头，使劲揉了揉她的小脑袋，笑着道："好，一定找你！"

"那我吃完了这些，你还能不能帮我炼制啊？就当是我保护你的回报吧。"小女孩跪坐在萧炎面前，乌黑的大眼睛里尽是期盼。

萧炎翻了翻白眼，原来这个小丫头打的竟然是这个主意，他差点儿以为她真有这般好心呢。

"好，好，吃完了再来找我，记住我的名字以及居住地点。"萧炎挥了挥手，有气无力地道。

"我知道，萧炎嘛，刚才那老头儿说过，居住地点我也会知道的。"以后不用再吃那么难吃的药材，这令她极为雀跃，在她心中，萧炎已经被打上了一个大大的好人标志。

"那你继续炼制吧。这炼丹也太枯燥了，幸亏我没学，不然得烦死。"达到了目的，小女孩终于满足地站起身来，冲着萧炎吐了吐舌头，嘿嘿笑道。

萧炎无语摇头，瞧着要出门的小女孩，忽然喊道："对了，小妹妹，还不知道你的名字呢。"

"我叫紫妍，大长老起的名字。内院的那些家伙对我怕得要死，私底下叫我'蛮力王'。哼，还以为我不知道。"小女孩皱了皱鼻子，小拳头在面前狠狠地舞了舞。尖锐声音陡然响起，几道无形的劲风贴着萧炎的脑袋斜飞而去，重重地砸在那如钢铁般坚硬的特制墙壁上，墙壁上霎时出现几个漆黑的深洞。

萧炎愣愣地抹了一把额头上的冷汗，半晌，他瞪着紫妍道："小鬼，你想杀了我啊？"

小手捂着嘴，紫妍偷偷吐了吐舌头，赶忙对着萧炎弯腰鞠躬。现在的萧炎

可是她的衣食父母,得罪不得。

"萧哥哥,你炼吧,我先出去了,以后吃完了再找你。"紫妍边说边向门外溜去。

瞧得逃走的紫妍,萧炎苦笑了一声。这个小丫头,可爱是可爱,就是太过暴力了。萧炎手一晃,一缕青色火焰便再度于指尖形成。

"对了,萧哥哥,我在内院还有排名呢,就是那个什么强榜,我可是第一名哟,以后有人欺负你,就报我的名字。"一个小脑袋忽然探进门口,冲着萧炎嘿嘿一笑,接着又转身溜了出去。

噗,袅袅升腾的青色火焰,骤然间烟消云散。萧炎缓缓张大嘴巴,目光呆滞地望着门口,许久之后,方才喃喃道:"她……她就是那个让林焱畏之如虎的强榜第一名?"

这一刻,萧炎只觉得这世界真是充满戏剧性。

第六章
交换材料

　　安静的密室里，许久之后，萧炎终于回过神来，他使劲地揉了揉脸，苦笑了几声。没想到林焱畏之如虎的强榜第一，竟然是这么一个小女孩，不，应该说是一个有着人类外貌的强悍魔兽。

　　"这小女孩也挺可爱的，不知道为什么林焱这么惧怕她。不过以她的实力，倒还真能够坐上第一的位置。她的力量极其恐怖，就算是普通斗王强者，都不敢与之硬拼吧？"萧炎喃喃道。

　　"这小女孩的力量的确恐怖得有些过分，从其先前出手来看，凭借的完全是肉体力量，并未施加半分斗气。"药老的声音，忽然在萧炎心中响起。

　　"老师能否看出紫妍究竟是何种魔兽？"萧炎询问道。

　　"看不出来……她吃了化形草，若她不现出本体，常人很难辨别出她是何种魔兽。"药老沉吟了一下，接着道，"不过从她的灵智以及恐怖力量来看，其本体应该是一种极为罕见的上古异兽。寻常魔兽想要修炼到斗王，倘若没有机缘，不花费上百年是绝对不可能的。"

"哦。"萧炎点了点头。虽说紫妍实力强横,但是心智也就如十二三岁的人类小女孩一般。

萧炎收敛心中对紫妍的好奇,将注意力放回到面前的药材上。炼制这龙力丹,连他都不敢说能够一次性成功,所以索要了两份材料。

"唉,这东西的炼制是有些费神啊,但为了那龙须冰火果,也只能拼了。"苦笑了一声,萧炎再度召唤出一缕青色火焰,丢进药鼎之中。片刻后,他的心神逐渐凝聚,全神贯注地再次开始炼制。

龙力丹的炼制,比先前替紫妍炼化金刚菩复杂了将近百倍,不过好在如今萧炎已经晋入斗灵,无论是在斗气雄浑程度上,还是火候控制程度上,都有极为明显的进步。因此这一次炼制,倒是比与韩闲比试时轻松许多。但是从萧炎额头上不断渗出的密集汗水来看,炼制这龙力丹,他还是需要倾力而为。

安静的密室之中,青色火焰映射在墙壁上,张牙舞爪地舞动,犹如一头恶兽。摆放在萧炎面前的药材,正急速地减少。

在花费了将近八个小时之后,烦琐的炼制终于进入尾声。

"凝!"低喝声在静室之中响起,一道暗红色的光芒从药鼎内飙射而出,被萧炎牢牢地抓在手心里。他仔细查看了一遍,这才满意地点了点头,将其放进玉瓶,收入纳戒中。

这一次炼制,虽然成功炼出一枚龙力丹,但也损毁了一份药材。对此萧炎并未心疼,他清楚,能够有百分之五十的成功率,已经极为不错了。

做完这一切,萧炎顿时瘫软下来。他从纳戒中取出一枚回气丹塞进口中,顾不得浑身疲惫,赶忙盘腿进入修炼状态。在体内斗气枯竭之时修炼,将会有事半功倍的效果。修炼之事,涓滴成河,可不能有丝毫松懈。

这次的修炼花费了一个多小时,感受着流淌在经脉之中的雄浑斗气,他欣喜地发现斗气精进了少许。看来这次炼丹并非完全没有收获。萧炎长长地吐出一口气,伸了个懒腰,一股畅快淋漓感从心底深处蔓延开来,令他嘴角挂上了一抹笑容。

"如今龙须冰火果已经到手，那地灵丹的炼制，便只差六阶的水系魔核了。"萧炎轻轻抚摸着纳戒，那冰火同体的诱人果实便出现在他手中。

"六阶……唉，那可是相当于斗皇强者的魔兽呢，去哪儿弄啊？"萧炎苦恼地揉了揉脑袋，低声道。

"想想办法吧，我隐隐感应到，那天焚炼气塔中的陨落心炎，最近的波动越来越强，恐怕离暴动不远了。"药老缓缓道，"陨落心炎暴动时，将会是我们夺取它的最好机会，可千万不能错过了。否则日后想要再抢夺，会麻烦十倍不止。地灵丹的炼制，必须尽快。"

萧炎苦笑着点了点头，叹息道："我尽量吧。"

"哈哈，放心吧，若实在不行，我们大不了进入深山去寻找六阶魔兽，这么大的山脉，不可能没有六阶魔兽潜藏在其中。"药老笑着安慰道。

或许这山脉之中的确隐藏有六阶魔兽，但是要击杀这种级别的魔兽谈何容易？就算能将其击杀，那绝对会是一场惊天动地的大战，若是惊动了内院的长老，老师搞不好也要暴露，那就不好办了。萧炎再度叹息了一声，把药鼎收入纳戒，拍了拍身子，站起身来，向静室外缓步走去。

郝长老瞧得萧炎出来，连忙站起身，有些忐忑地问道："炼制得怎么样？成功没有？"他对炼丹也知道一些，明白炼制五品丹药有很高的失败率。

"哈哈，失败了一次。不过还好，没辜负长老的期望。"萧炎笑着点了点头，走上前，从纳戒中取出装有龙力丹的玉瓶，轻轻地放在桌上。

郝长老赶忙一把抓起玉瓶，小心翼翼地从中倒出一粒暗红色的圆润丹药，深嗅了一口，大喜道："果然成功了，你这小家伙还真有几分本事，难怪连异火都能够收服。"

"既然你炼制出一枚龙力丹，那龙须冰火果就是你的了。哈哈，你眼光倒是毒辣，这东西就算在整个药库中，珍稀程度也能够排进前十呢。"郝长老将龙力

丹收好，大方地挥了挥手，"以后还需要药材，尽管来找我便是，但是记得我们之间的交易，哈哈。"

"还来？炼制一枚龙力丹就差点让我虚脱了。"萧炎笑着谢了一声，心中却嘀咕道。他拱了拱手，刚欲告辞离去，心头微微一动，试探性地问道："郝长老，我此时还真是急需一种东西，不知道长老能否替我弄来。若是能的话，日后只要长老开口，萧炎都会尽力去办！"

"哦？什么东西？"闻言，郝长老眼睛一亮，饶有兴趣地问道。

"六阶的水系魔核。"萧炎紧紧地盯着郝长老的脸，在他说出此话后，对方的脸皮明显抽搐了一下。

"六阶……你要这么高阶的魔核干吗？六阶魔兽可是相当于斗皇强者呢。以我现在的实力，可没胆子去找它们索要魔核。"郝长老苦笑着摇了摇头，后背冒出一层冷汗。这小家伙胃口也太大了吧？竟然一开口就是六阶魔核，真当这是路边随便捡的石子啊。

听得郝长老此话，萧炎也只得失望地叹了一口气，苦笑道："既然长老没有，那就算了吧。"

郝长老在沉思了一会儿后，忽然开口道："六阶水系魔核，我的确没有，但是我能帮你引荐一位长老，他手中正好有一颗六阶水系魔核。"

闻言，萧炎脸上涌上一抹狂喜："真的？只要萧炎能得到六阶水系魔核，定然少不了郝长老的好处。"

"你也别高兴得太早，那家伙也是个吝啬性子，当年拼了一条命方才凭着几分运气击杀了一头本就重伤的六阶魔兽，所以一直把那颗六阶魔核当作宝贝，还时不时在我们面前炫耀。你若是想从他手中得到这颗六阶魔核，除非拿出他中意的东西，不然就准备大出血吧。跟我来吧。"郝长老摆了摆手，旋即朝门外走去。

萧炎连忙快步跟上。在这种紧要关头居然得到了六阶水系魔核的消息，对他来说，无疑是个天大的喜讯。不管付出何种代价，一定要将那颗六阶水系魔核弄到手！

萧炎跟随郝长老走出药材管理库，顺着大道缓步前行。沿途一些来往的学员瞧得并肩而行的两人，脸上都闪过一抹惊讶。郝长老在内院一向都以冷面示人，如今竟然与萧炎谈笑风生。他们在惊异之余，不免对萧炎更加高看了几分。

对于沿途那些人的目光，萧炎并未在意。郝长老在身旁，一些想要挑战萧炎的学员，也暂时缩了回去，这倒令萧炎省了不少心。

"那位长老名叫刘影，是天焚炼气塔第五层的守塔长老，今天刚好轮到他休息，所以我们可以直接去他居住的地方。"路上，郝长老对萧炎说了一些与那位长老有关的事情，"看见那家伙，直接说明来意就行，他虽然脾气有些冲，但是你也不用怕他，他不会拿你怎样。"

萧炎笑了笑，沉吟了一会儿，问道："这位刘长老可有什么特别喜欢的东西?"想从对方手中拿到六阶魔核，萧炎自然需要投其所好。

"喜欢的东西嘛……你也清楚，到了我们这种级别，寻常财物自然是难以看上，反而一些助长修炼的东西，对我们有着巨大的吸引力。那家伙对修炼很痴迷，你若是能够拿出有益其修炼的物品，我想他应该会动心。"郝长老想了想说。

"对修炼有益的东西……"萧炎轻声道，"不知这位长老修炼的功法是何种属性?"

"火属性，正因为这样，脾气才有些冲。"郝长老笑道。

"火属性……"萧炎笑了笑，缓缓点了点头，心中有了一些底。

郝长老心里嘀咕：难道这家伙真能拿出令那老吝啬鬼心动的东西?对了，他是炼药师，应该有一些宝贝吧。

两人不知不觉地接近了内院深处。这里是内院长老以及导师的居住地，颇为幽静，比起外面的学员宿舍，不知道要强多少倍。不过这也难怪，长老的待

遇自然不是他们这些学员能比的。

穿行在绿荫小道之中，郝长老的脚步逐渐放缓，最后停在一间通体由青翠绿竹搭建而成的屋子之外。

"这刘长老倒挺会享受的。"萧炎心中感叹。

郝长老举起手刚欲拍门，门内却传来一道雄浑急躁的声音："要进就进吧，敲什么门啊？你就喜欢搞这迂腐的一套，直接点不行啊？"

听得里面传来的话，萧炎苦笑了一声，这才明白为什么郝长老会说看见刘长老就直接说明来意，显然这人是个急性子，看不得人绕弯子。

对此，郝长老倒并不在意，推开房门，信步走进，嘿嘿笑道："刘老头儿，给你带了个人来，恐怕你得见见。"

"谁啊？"

萧炎跟着走进房间，刚好瞧见一位身着红袍的老者从内屋走出。老者睡眼惺忪，好像刚睡醒。到了前厅时，老者方才抬起头，他瞟到门口那个因为背光而看不清容貌的年轻人时，眉头皱起，道："哪里来的小崽子？难不成是被哪位长老撵出天焚炼气塔，想找我去求情不成？"

"学生萧炎，见过刘长老。"萧炎微微一笑，上前一步，拱手恭声道。

"嗯……咦？萧炎？那个能炼制五品丹药的萧炎？"刘长老刚开始仅仅是不咸不淡地应了一声，毕竟前来求情的学员他见得太多，已经懒得再应付，不过听得那略微有些耳熟的名字后，目光连忙转移到萧炎脸上，惊讶地道。

萧炎笑着点了点头，没想到炼药师的身份这般好用，连这些长老听见之后，都连忙改换脸色。

"哈哈，这名字可是如雷贯耳，坐吧，找我有什么事？"刘长老笑着对萧炎挥挥手，坐在椅子上，又恢复了火急火燎的性子。

萧炎微微偏过头，与郝长老对视了一眼，后者对着他摊了摊手，示意后面的事情他自己搞定。

萧炎无奈地点了点头，略微沉吟，斟酌了一下言辞，方才微笑道："这一次前来找刘长老，主要是因为小子现在正急缺一件东西，而这件东西，正好刘长老手中有。若是长老愿意忍痛割爱，萧炎定然会有厚报！"

"缺一件东西？"刘长老不动声色地放下手中茶杯，道，"是什么？说出来听听。只要不是极其贵重之物，我应当不会拒绝。"

"一颗六阶的水系魔核。"萧炎轻描淡写地道。

咔嚓！萧炎的话音刚刚落下，刘长老手中的茶杯在一道清脆的声响中，化作一堆碎片。

郝长老轻轻咳嗽了一声，这老家伙果然还把那件东西视为性命，看来这次萧炎想要将它弄到手，颇为困难啊。

"哼，是这老头儿乱嚼舌根，告诉你我有六阶魔核的吧？"刘长老擦去手掌上的水，睨了郝长老一眼。虽然大长老交代，适当给萧炎一些照顾，但也不是这么个照顾法吧？六阶魔核，是他当年拼了性命得来的，怎可能轻易交与他人？

"我跟你明说了吧，这六阶魔核我不可能给任何人，你也别枉费心机了。"刘长老开口便将话堵死。

郝长老无奈地摇了摇头，今天这事，看来多半没戏。

"哈哈，刘长老，六阶魔核虽然珍贵，但是并非无价。您修习的是火属性功法，这种水系魔核对您没有半点儿用处。您之所以想也不想就拒绝，想必是担心萧炎拿不出让长老真正心动的东西吧？"萧炎并未因为刘长老决绝的态度而有半分丧气，微微一笑，缓缓道。

刘长老翻了翻白眼，没搭话。虽然他将这颗六阶魔核视为宝贝，但也并非抱着它不放的傻瓜。魔核虽然拥有极为强横的能量，但如果不加提炼，人体根本不能吸收。若是有人能够拿出真正让他心动的东西来交换，他自然不会拒绝。可面前的萧炎，这么年轻，刘长老实在难以相信他能拿出足够珍贵的东西。

"刘长老不妨开口说说，您想要什么，若是萧炎有的话，自然会拿出来。"

萧炎轻声道。

"哎,要我说,你就别固执了。萧炎虽然年纪小,但是身上的宝贝恐怕比你这吝啬鬼还多,错过了这个村可就没这个店了。"郝长老道。

刘长老脸上一阵青一阵白,过了半晌,他紧绷的脸终于缓和了许多,摸着鼻子道:"如果你小子想要从我手中换取这六阶魔核,就给我一粒斗灵丹!"

"斗灵丹?你这老不死的狮子大开口啊!"刘长老的声音刚落,一旁的郝长老就跳了起来,瞪着眼睛骂道,"那可是六品丹药,以萧炎如今的实力怎可能炼出来,你不是成心为难人?"

撇了撇嘴,刘长老没理会他,只是瞟着萧炎。

萧炎微皱着眉头,手指轻轻地敲击桌面,半晌,他摇了摇头,道:"这斗灵丹,我的确拿不出来。"

闻言,刘长老顿时失望,无精打采地挥了挥手,道:"没有的话,就请回吧。"

"不过……"萧炎笑了笑,轻弹纳戒,一枚拇指大小的青色莲子出现在其手心。青色莲子刚刚出现,一股雄浑的火热能量便荡漾在房间之中。

望着直愣愣地盯着青色莲子的刘长老,萧炎含笑道:"我想,或许刘长老会对这件东西感兴趣。"

青色的莲子静静地躺在萧炎手中,散发着淡淡的光芒。它的个头虽然不大,但其中蕴含的雄浑炽热能量,却让刘长老与郝长老的脸上布满惊异。这枚青色莲子,正是当年萧炎在塔戈尔大沙漠搜寻青莲地心火时得到的附赠品——地火莲子。这地火莲子是火属性能量长年累月凝聚而成,因此对于修习火属性功法的人大有益处。这地火莲子萧炎总共只得到十一枚,自己曾经服下一枚,因此如今尚余十枚。

药老在萧炎得到地火莲子时便说过,尽量少在外人面前显露,不然定会凭空生出许多麻烦。但今时不同往日,如今的萧炎不再是当年的小小斗师,身上有诸多底牌，即使面对斗王强者，也能够全身而退。再者，身处这内院之中，不必担心这些长老会因为垂涎他的东西而暗中下手。

房间之中，气氛颇为安静，炽热的能量微微波动，犹如房内刮起了热风。刘长老眼中的光芒越来越盛。如此雄浑的能量，他若是能够尽数炼化，那迟迟未见动静的境界，将会再次精进！他心中重重地叹息了一声，没想到萧炎竟然能够拿出这等奇宝。

虽说这地火莲子比不上斗灵丹，但是刘长老清楚，若是想用这颗六阶水系魔核换取斗灵丹，除非遇见冤大头，不然绝无可能。先前说出这等交换条件，倒也真如郝长老所说，有点儿狮子大张口了。

刘长老干咳了一声，原本冷冰冰的脸上，此刻也多出了几分笑意："不知道你这件东西，究竟是何物？"

"由地火凝聚而成的莲子，是小子侥幸所得。据说，这种莲子想要凝聚成形，至少也需要上百年的岁月。"萧炎笑了笑，反正刘长老也不认识它，就算说是千年，对方也只能愕然相对吧？

"哦。"刘长老点了点头，面皮抖动了几下，也不知道是否相信。

"刘长老，怎样？这枚地火莲子虽然比不上斗灵丹，但也是极为稀罕之物。它拥有如此精纯的火属性能量，对你的好处，远非那颗六阶水系魔核可以相比。"萧炎微笑道。

刘长老舔了舔嘴唇，犹豫不决。虽然这地火莲子珍稀，但是就这样将手中最珍贵的六阶魔核交换出去，一下子还真令他难以接受。他手指轻轻地敲打着桌面，脸上的神情变幻不定，许久，缓缓开口道："一枚地火莲子换一颗六阶魔核，我可是很吃亏啊……"话到最后，他猛地一拍桌子，"你若是再拿出一枚地火莲子，我就忍着心痛，将这六阶魔核换给你。"

一旁，听得刘长老这话，郝长老一惊，却并未开口，只是斜瞟了萧炎一眼，似是在等他的决定。

萧炎皱了皱眉,这地火莲子极为珍稀,他不到关键时刻都舍不得服用。这东西只同青莲地心火生在一处,所以这些地火莲子,用一枚就少一枚。如今拿出一枚与刘长老交换六阶魔核便已经是极限,若再添加,则轮到萧炎肉痛了。

"唉,这地火莲子我也只是侥幸得到一枚,刘长老要我再添一枚,可真的让我为难了。"萧炎叹息了一声,摇了摇头,缓缓收拢掌心,将地火莲子收回,看样子是打算放弃交换了。

瞧得萧炎这般举动,刘长老的眼中闪过一抹焦虑,他朝着萧炎强笑道:"小家伙,这地火莲子虽然珍稀,但是你也应该清楚六阶魔核的价值。足以匹敌斗皇强者的魔兽,有多少人敢打它们的主意?这内院中,除了大长老,或许只有我手中有一颗。"

刘长老说这话,无疑是暗中提醒萧炎,这内院中,就他一人手中有一颗六阶魔核,若是不与他交换,萧炎就只能落个两手空空的结果了。

"我倒是想换,但可惜,拿不出长老所需要的价码。"刘长老本不适合干这种隐匿心性之事,萧炎清楚地抓住了那一缕焦虑的情绪,心中窃笑了一声,面上却是叹息着摇了摇头。萧炎故意缓缓站起身来,将地火莲子收进纳戒中,冲着刘长老拱了拱手,然后对着身旁的郝长老苦笑道:"走吧,郝长老。"

"唉,算了,换不到也没关系,到时候我帮你去向大长老询问一下。"郝长老无奈地点了点头,站起身来,对萧炎说道。

坐于桌旁的刘长老听得郝长老此言,眼皮顿时一跳,心中有些恼怒地暗骂了一声。见萧炎转身要走,他连忙站起身来,道:"萧炎小友,先别急着走啊,我们可以再谈谈。"

萧炎停下脚步,听得刘长老开口,他心中也松了一口气。萧炎微微偏头,却看到郝长老脸上的一抹笑容,当下一怔,原来郝长老也明白刘长老定然会按捺不住,因此方才加了一把火。

冲着郝长老投去一道感谢的目光,萧炎这才转过身来,无奈地道:"刘长老，并非我不愿意交换，可我实在是拿不出第二枚地火莲子啊。"

刘长老的脸略有些发红，他想得到地火莲子，可又心疼六阶魔核。如此挣扎半晌，他终于颓丧地叹了一口气，道："不再加一枚地火莲子也行，但是你得答应我一件事。"

"何事？"萧炎谨慎地问道。

"帮我炼制一枚龙力丹。"刘长老叹息道，让他光得到一枚地火莲子实在有些不甘，无论如何也要弄点其他东西。

"炼制龙力丹嘛……"萧炎心中窃喜，面上却是迟疑了一会儿，道，"这个行，但是按照规矩，炼制的药材，刘长老得自备。"

"你……你这个吝啬的家伙！"听得萧炎此话，刘长老气得吹胡子瞪眼，大骂了一声后，却又突然软了下来，挥手道，"好，药材自备，自备。你这小子，实在是太抠了，年轻人就不能大方一点儿吗？"

"这可不能大方一点儿，炼制龙力丹的药材，连我自己都凑不齐，去哪儿给您炼制？"萧炎心中嘀咕了一声。

刘长老纳戒上的光芒微微闪烁，一枚足有一个拳头大小的蔚蓝色晶体出现在其手中。随着这枚蔚蓝色晶体的出现，原本干燥的房间，立马变得清爽与湿润起来。

刘长老极为不舍地抚摸着这枚形状不太规则的蔚蓝色晶体，片刻后，一咬牙，将其轻放在桌上，道："唉，拿去拿去。"

萧炎紧紧地盯着桌上的蔚蓝色晶体，其绽放的光芒，柔和而不刺眼，隐约间，甚至能够听见晶体之内响起的浪潮之声。萧炎面不改色地上前一步，在刘长老极为肉疼的目光中，将其握在了手中。感受着其中那雄浑的水系能量，萧炎如释重负地松了一口气。这炼制地灵丹的最后一种东西，终于弄到手了。

"哈哈，刘长老，地火莲子您先收起来吧。至于龙力丹，等长老将药材送到磐门，我便马上开始帮您炼制。"快速地将这颗六阶水属性魔核收进纳戒，萧炎

笑眯眯地将手中的地火莲子恭敬地递向刘长老。

刘长老苦笑着摇了摇头，抓住这枚地火莲子，感受着其中庞大的火属性能量，脸色这才略微好看了一点儿。他淡淡地嗯了一声，便冲萧炎和郝长老挥了挥手。

知道刘长老心中定然有些不爽，萧炎也不敢继续停留，偷笑了一声，然后便与郝长老交换了一个眼神。两人轻手轻脚地退出房间，留下一个捧着地火莲子、脸色忽喜忽悲的刘长老，独自在房间之内品尝着复杂的滋味。

第七章
炼制地灵丹

从刘长老房中出来后,萧炎与郝长老对视了一眼,皆不由得笑出声来。

"这次多谢郝长老了。"萧炎走近了一些,低声道,"日后萧炎定然有所回报。"

"哈哈,小事而已,这下子那家伙失去了在我们面前炫耀的资本,我们也能耳根清净一点儿了。"郝长老笑着挥了挥手。萧炎最后一句话令他颇为高兴,毕竟见识过萧炎炼药术的他,早就有着与萧炎结交的想法。让一名五品炼药师欠个不大不小的人情,这让他很满意。

两人谈笑着走出这片幽静的长老居住地带,郝长老要回去守着药库,萧炎也要回磬门,所以两人便在一个路口分手了。

萧炎站在路口望着郝长老逐渐消失的背影,长长地吐了一口气,心中无比欣悦。如今东西已经齐备,便只待炼制了。不过这地灵丹是六品丹药,以他如今的实力,仅能炼制一些较为普通的五品丹药。因此,这炼制地灵丹一事,还得药老出手。

"时间紧迫,指不定什么时候那陨落心炎就会爆发,所以这地灵丹的炼制,越早越好。"药老的声音悄悄地在萧炎心中响起。

萧炎抬起头,不着痕迹地点了点头,向着磐门所在的区域行去,心中轻声问道:"那老师想要何时动手?"

"最好是在这几天之内。"药老沉吟道,"你先休息一两天,然后我们再进一次深山。炼制六品丹药会出现一些天地异象,而且这地灵丹在六品丹药中名列前茅,动静只会更大,若是在内院炼制,肯定会暴露。"

萧炎点了点头,心中又暗自思量了一会儿,逐渐加快脚步,不久便来到磐门外。此时已到晚上,那些想挑战他的人尽数散去,这倒让萧炎省去麻烦。他整了整衣袍,堂而皇之地从大门口走了进去。

接下来的一两天,萧炎都待在磐门之中安静地修炼,甚至连天焚炼气塔都没去,磐门也是平安无事。磐门丹药的销售如今已占据内院百分之七十的份额,慕名加入的老生也逐渐增多,原本仅仅只有三名炼药师的炼药组,在经过严格选拔后,扩充到六名,因此丹药的炼制速度提升了不少。

现在的磐门,在雄厚火能的支撑下,实力已经足以与内院的一些一流势力相媲美。在薰儿等人设置的火能奖罚制度下,磐门甚至还吸引来两名实力在三星左右的斗灵强者,这倒是出乎萧炎的预料。

如今的磐门,与半年前那个完全由新生组成的磐门相比,几乎有天壤之别。半年时间,将一股不入流的势力变得如此强横,萧炎的名字,也在内院之中传得越发响亮。虽然他在强榜仅仅排名第三十四,但是其名望足以赶上前十的那些顶尖强者。

第三天,萧炎终于停止了闭门修炼。他已彻底地将自己的实力稳固在一星斗灵,并且由于几番炼制丹药,体内斗气精进不少。按照这般速度,他不久后便能够进入一星斗灵的巅峰。

萧炎从房间里出来,走下楼梯,瞧见了大厅中琥嘉的身影。感受到她那强横了许多的气息，萧炎明白，这一次受伤，她竟然因祸得福，突破到九星大斗师。以她的修炼天赋，或许要不了多久，就能够突破至斗灵。到时候，磐门又会再添一名斗灵，哦，不，应该是两名，可不能将吴昊那个战斗疯子给排除了。以他那每天奋战在竞技场上的疯狂，萧炎猜测，恐怕他会比珞嘉更早晋入斗灵。

萧炎走进大厅，随意吃了一点儿早餐，简略告诉薰儿自己需要再次进入深山。薰儿有些错愕，不过见萧炎脸色凝重，只是乖巧地点了点头。

"去吧，小心一点儿，磐门我会照看着。"薰儿望着吃完饭便准备起身出门的萧炎，柔声说道。

"嗯，辛苦你们了，这次要不了几天就能回来。"萧炎冲着薰儿笑着点了点头，拉开房门，刺眼的阳光令其眼睛微眯了起来，他笑了笑，昂首走出。

出了磐门，萧炎直奔内院之外，出了内院后，方才寻了个偏僻之所，召唤出紫云翼，快速地升上天空，身形化为一道黑影，朝着深山之中急速飞去。

萧炎振动着紫云翼，飞行了近一个小时，估摸着自己已经进入山脉中部，便减缓速度，又花费了半个小时，寻找到一处仅有几亩方圆的陡峭山峰之巅，这才缓缓落了下来。

这座山峰几乎是直上直下，假若不借助紫云翼，要攀爬而上又没有雄浑斗气支撑，想必是不可能的事。且这山峰四周，还有几座更高的山峰矗立，刚好将这座小山峰遮掩。

萧炎落在山巅后，药老的身形立刻飘荡出来，他观望了一下四周的环境，满意地点了点头。

"我炼制地灵丹时，你不要远离，要细细观摩我的炼制手法。你如今的炼药术，与真正的炼药宗师相比，还有着极大的差距。"药老对萧炎郑重地说。

"嗯。"萧炎赶忙点头。能够观摩炼药宗师炼制丹药，是可遇不可求之事，对他有着极大的好处。

"当然，如果丹成时，天现异象，你就要躲开一点儿，不然被误伤可就麻烦

了。"药老盘腿坐在草地上,提醒道。

萧炎再度点头。

"把药材拿出来吧。"药老深吐了一口气,脸色逐渐凝重,吩咐道。

听得药老的吩咐,萧炎迅速从纳戒中取出几种极为罕见的药材,整齐地摆放在药老面前。顿时,浓郁的药香味便笼罩了这座小山峰,萧炎深呼吸一口气,感到心旷神怡。

药老的目光缓缓地扫过摆在面前的几种药材,微微点头,对着萧炎一扬手,萧炎手指上那枚古朴漆黑的戒指便自行脱落,悬浮在药老面前。

黑色戒指光芒闪烁,旋即,一尊半丈高的漆黑色药鼎轰然落下。漆黑药鼎通体绘满奇异的火焰纹路,火焰纹路犹如具有灵性,微微蠕动,宛如活物。

这尊药鼎一出现,萧炎的口水都要滴下来了。他曾经见过药老召唤它,但当时他啥也不懂,不知道这尊药鼎在炼药界有多么珍贵。

"黑魔……啧啧,天鼎榜上有名的药鼎,啥时候我也能弄一个啊。"萧炎望着这尊气势不凡的漆黑药鼎,语气中满是羡慕。他以前使用的那些药鼎和这黑魔比起来,就是一堆垃圾啊。

药老瞧着萧炎那副双眼放光的模样,哭笑不得地摇了摇头,道:"这种名列天鼎榜的药鼎都有灵性,并且这黑魔被我施加了灵魂印记,你也用不了。等我有了容纳灵魂的躯体之后,便能将灵魂印记抹除,到时候你就能随意使用了。"

"嘿嘿。"萧炎不好意思地憨笑了一声。

"好了,炼制要开始了,小家伙,可不要分神啊。"药老笑了笑,脸色逐渐凝重。将黑魔召唤出来炼制丹药,足以看出他对此次炼制的重视。

药老伸出干枯如鹰爪的虚幻手掌,一团森白色的火焰凭空出现。森白火焰一出现,周围温度便降低了许多。随着温度的降低,那火焰却越发旺盛,显得颇为奇异。

药老手掌一挥,森白火焰瞬间涌进药鼎内。一时间,熊熊烈火,自鼎中升腾而起！六品地灵丹的炼制，在此刻终于正式开始！

药老脸色凝重地望着药鼎中的森白火焰。火焰在升腾了近一分钟后，药老对着面前地面上的几株药材一挥手，通体火红的地心火芝便缓缓浮起，径直投入药鼎之内。地心火芝一进入药鼎，森白色的火焰就犹如饿虎扑食，将其吞噬，转瞬间，地心火芝便急速枯萎。

萧炎紧紧地盯着药鼎之内，他能够感受到火焰温度被药老压制得颇低。因此火焰看似凶猛，但并未将地心火芝焚烧成一片灰烬，在地心火芝逐渐枯萎的过程中，血红的细密水珠从火芝表面渗透而出，顺着表面滑落，悬浮在火焰上方，滴溜溜地翻滚着。

随着火焰的不断炙烤以及血色水珠的渗透，地心火芝表面的火红之色急速消退。片刻后，火芝表面彻底地变灰。此时，它蕴含的精纯药力，已经被火焰尽数逼了出来。药老轻挥手掌，枯萎的地心火芝从药鼎之内掠出，落在一旁的草地上，落地瞬间，便化为一堆灰烬，随风而散。

"不愧是炼药宗师，这般提炼手法，远非我可比。"萧炎暗赞了一声。他往日提炼药材，基本就是直接将药材彻底焚毁，这并不能说明其火焰凶猛，只能说他对火焰的掌控程度还未达到炉火纯青的地步。只有像药老这般，在其药力彻底枯竭的一刹那，控制住温度，将其抛出药鼎，方才称得上真正的完美控制。

一团血红色的液体在药鼎之内滴溜溜地旋转着，宛如一枚珠子。这团血红色液体，便是从地心火芝中初步提炼出的精纯药力，其中蕴含的能量，庞大得令人咋舌。

这团血红色液体并未安静地听从炼制，而是悄然蔓延出一缕缕血丝。血丝上蕴含着极为强横的能量，每一缕血丝击打在鼎的内壁时，都会传出清脆的金铁碰撞声。在这些血丝的胡乱冲撞下，高大的药鼎微微颤了颤。

萧炎惊讶地望着药鼎内密密麻麻的血丝，忍不住咂了咂嘴。不愧是炼制六品丹药的药材，看这些血丝的力量，若是换作他使用的那些普通药鼎，恐怕顶

不住几次冲撞。

这些血丝的暴动，并未让药老的表情有任何变化，他轻轻地一挥手，药鼎之内的森白色火焰猛然暴涨，而那些血丝一旦被火焰触碰，便犹如受惊一般急速退缩。如此一来，在火焰大规模的包围下，原本密密麻麻的血丝再度被压制回那团血红色的液体中。

噗！一簇森白色的火焰悬浮在血红色液体下，火焰的温度极为炽热，血红色液体的表面顿时沸腾，一个个细小的气泡不断地鼓动着，一丝丝极为稀薄的灰色烟雾从中升出。这些都是其中的杂质。想要炼制出品质不错的丹药，这些杂质就必须被彻底剔除，否则有可能难以成丹。

剔除平常药材中的杂质，顶多需要十几分钟，但地心火芝并非凡品。即使被骨灵冷火炙烤，它也只是勉强地吐出少许杂质。到后来，甚至火焰炙烤十来分钟，方才再度吐出一缕灰色烟雾。这等顽固的杂质，令萧炎有些咋舌。这还是药老，若是换作他，光提炼药材，就得将近一天时间。这六品丹药，果然极难炼制。

等待是极为难熬的，而萧炎没有半点儿分神，三个小时里，他始终全神贯注地紧盯着药鼎。

三个小时后，那血色液体之中的杂质终于被剔除干净。没有了杂质的血色液体，颜色也变得透明，仔细观察，还能看见其中翻腾的气泡。

提炼完毕，药老的神情放松了些，他屈指轻弹，鼎内的那团血色液体立马在一簇森白色火焰的包裹下悬浮而出，最后连同火焰，一起被灌进一只玉瓶之中。

萧炎望着药老这与常人不同的保存方法，有些惊讶，看向那个玉瓶，发现在瓶口处竟然有一层淡淡的火焰薄膜。他略微沉思了一下，顿有所悟。

"这种保存方法能使药液一直保持着出炉时的温度，并且不受空气中杂质的污染，但是对火焰的操控要求也很高。玉瓶性脆，若是温度过高则会爆裂，使得提炼的药液彻底报废。"药老再次挥手,将那株青木仙藤抛进药鼎中,缓缓道。

萧炎微微点头,将这个小诀窍暗暗记在心中。

青木仙藤的提炼,丝毫不比地心火芝轻松,其耐烧程度让药老都感到棘手,光是将青木仙藤中的药力驱逐出来,便耗去了一个多小时。而后来的提炼,则更加费时,竟用去了四个小时。萧炎不禁抹了一把额头上的冷汗。这也就是药老,具备如此雄浑的灵魂力量。以萧炎现在的实力,炼制丹药顶多只能持续三个多小时便得中途休息,等到斗气恢复后,才能够继续炼制!

当青木仙藤化为一团翠绿色的液体,被收进玉瓶时,夜色已经笼罩了整座山脉。黑夜里,山巅的森白色火焰显得有些刺眼。

提炼完青木仙藤后,药老并未休息,紧接着开始提炼龙须冰火果。萧炎望着药老那紧绷着的脸,揉了揉有些疲累的眼睛,振奋起精神,牢牢地注视着药老的每一步炼制。他心中清楚,观摩这种等级的炼丹,对他来说是绝好的机会,可不能白白地失去。

龙须冰火果的提炼时间,与青木仙藤相仿。当药老提炼完毕时,已至深夜,漫天繁星微微闪烁,倾洒着微弱的星光。

不得不说,炼制六品丹药是一种极其烦琐与劳累的工作,光是药材的提炼,便消耗了近一天时间。不过好在药老实力雄浑,即便不停歇地炼制了一天,依然不见丝毫疲态,反倒是旁观的萧炎有些疲累。

在第二日,那颗六阶水系魔核,也被药老彻底地炼制成一堆蔚蓝色的粉末,而仅仅这一项,便消耗了药老十多个小时的时间。六阶魔核对火焰的反抗,比那些药材要剧烈数十倍,并且因为属性相克,其中浓郁的水系能量一度差点儿冲出药鼎。幸好药老对此早有防备,才没有造成什么损失,但在这般折腾中,消耗了大把时间。

萧炎坐在一旁,瞧得药老炼化六阶魔核,忍不住有些后怕。这若是换作自

己，就算花费三四天时间，也难以将这顽固的魔核制服。若是换作寻常火焰，说不定会直接被那浓郁的水系能量浇灭了。

不管这期间如何难熬，提炼终于完成了。第三日，经过骨灵冷火一个昼夜的炙烤，几种药材与魔核粉末之间的相互排斥终于逐渐减弱，最终开始融合。融合速度犹如龟爬，慢得令人难以忍受。在这期间，萧炎纵然拥有异于常人的定力，都忍不住打了个瞌睡。

融合是炼丹之中最重要的一步，其间如果错上半点儿，好不容易提炼出的药材便会在顷刻间焚毁。到了这一步，药老也不敢有丝毫分神，见到萧炎偷偷打盹，他都无暇理会。

这一步虽然凶险万分，但是好在有药老这位炼药宗师把持，最糟糕的情况并未出现。经过整整两日的融合，一枚淡蓝色的丹药雏形，终于在药鼎之中缓缓形成。

在这枚丹药雏形出现的一刹那，萧炎清晰地感觉到，周围天地能量猛然间波动起来。那副景况，就犹如在平静的湖水中丢入了一块巨石，巨浪翻涌。

药老面不改色，心神紧紧地关注着药鼎之中丹药的变化。在这种关键时刻，容不得他有丝毫分神。随着时间的推移，那枚形状不太规则的淡蓝色丹药雏形，逐渐变得圆润起来，璀璨的毫光从中散发，将其渲染得犹如一枚蓝色宝石。

在丹药爆发出璀璨光芒的那一刻，萧炎骇然地发现，一圈圈犹如实质的能量涟漪，以药鼎为中心，源源不断地向着四面八方涌出，那股连绵不绝的态势，颇为壮观。

萧炎没想到这六品丹药的形成竟然会造成如此大的动静，难怪药老说一定要在深山炼制。这若是放在内院，恐怕顷刻间就会把全院的人都吸引过来。

"你退开一点儿，更大的动静还在后面呢！"药老紧紧注视着药鼎之内，忽然提醒了萧炎一句。

闻言，萧炎背后的紫云翼连忙弹射而出，双翼一振，身体便掠到半空中。

瞧得萧炎退开，药老手中印结猛地一变，低喝声从口中传出。药鼎之内，森白火焰陡然大盛，几乎将整个药鼎充满。而在那满目森白间，一个璀璨的蓝色光点越发刺眼。

蓝色光点一缩一胀，一道道能量涟漪急速扩散，山石翻滚，树木拦腰而断，草皮都被掀翻了。

蓝色光点的缩胀速度在加快，犹如在酝酿着什么。如此近半个小时后，光点骤然缩至最小，药老的脸色越发凝重！

轰！骤然缩小的光点在持续了几分钟后，猛地在萧炎的瞳孔中放大，最后，暴涌的蓝光将整座山峰包裹，一道惊雷般的爆炸声凭空响起，旋即，一道足有两丈粗的蓝色光柱，自药鼎之内直冲天际！

萧炎目瞪口呆地望着那巨大蓝色光柱，不由得深呼吸了一口凉气。这动静……也太大了吧？即使这里离内院很远，恐怕也瞒不住那些实力强横的长老吧？

"千万别把内院的人吸引过来，不然就麻烦了……"萧炎咽了一口唾沫，苦笑着喃喃道。

内院深处，一座幽静楼阁之中，两道人影站立。一人着一身宽大黑袍，发须皆白，苍老的脸上始终没有一丝情绪波动。他负手立在窗旁，望着外面的绿荫，半晌，淡淡地道："秦宣，最近天焚炼气塔中动静如何？"

"大长老，陨落心炎越来越不平静，现在几乎每半个月就会翻腾一次。若非众多长老联手布置能量结镜，恐怕许多在塔中修炼的学员将会死伤。"大长老身后，一名身形有些佝偻的黄衣老者，弯身恭敬地回答。

"越来越快了吗……"大长老轻叹了一声，喃喃道，"当年院长发现此处的陨落心炎，这才成立了内院。当初他便说过，镇压与封印只能取得一时之效，而且封印得越狠，日后爆发时就会越恐怖。这次稍有不慎，内院都会被毁掉。"

"那怎么办?"黄衣老者脸上闪过一抹焦虑,低声道,"要不,通知院长回来?"

"院长外出游历,神龙见首不见尾,如何通知?"大长老摇了摇头,挥手道,"从今天开始,所有长老的休假全部取消,守塔长老必须回归岗位,一旦发现陨落心炎有异动,立刻联手封印,绝对不能让它彻底地爆发。"

"是!"

"另外,准备两套方案。陨落心炎暴动时,疏散塔内所有学员,不准任何人进入!"大长老面容沉稳,一道道命令从其嘴中有条不紊地发出,"再通知外院,院中强者随时待命,若是陨落心炎爆发,这笼罩着内院的空间结镜便会被冲破。到时候,黑角域之中的那些家伙,定然也会感应到陨落心炎的强烈波动,一旦将他们吸引过来,可就要出大乱了。"

"大长老是担心黑角域的药皇韩枫吧?"黄衣老者沉默了一会儿,忽然道。

眼神微微闪烁,大长老缓缓地点了点头,道:"韩枫是炼药师,异火对他的吸引力更是无与伦比。当年他便隐隐猜到内院有异火,但因为不能确定,所以不敢有太大的动作。

"这一次陨落心炎的暴动将会比以往任何一次都要剧烈,一旦封印被破,韩枫以其敏锐的灵魂感知力,定然会察觉到异火的存在,他肯定会不惜一切代价前来抢夺!

"若他只是一名寻常的斗皇巅峰强者,我们自然不用惧他,但是这个家伙的另外一个身份,却是六品炼药师。其炼药术之精湛,即使炼药系的火长老也比不了。这些年,他在黑角域中组建了一个极其庞大的关系网,不少势力都与其有着瓜葛,一旦他想抢夺异火,怕是会动用这些关系。你应该也清楚,一名六品炼药师,拥有着何等可怕的号召力。而且据我得到的情报,韩枫这个家伙似乎也掌控着一种异火。"

"什么?那家伙也拥有异火?"黄衣长老惊讶地喊道。对于韩枫这等实力的炼药师来说，拥有异火，便是如虎添翼。

"不要忘记这家伙的老师是谁。"大长老淡淡地道。

"药尊者，药尘！"黄衣长老脸色一变，说出了一个曾经在大陆极为显赫的名字，皱眉道，"据说药尘也拥有一种异火，如今他已经陨落，怕是把异火传给了韩枫吧？"

"不太清楚，药尘陨落得太诡异。除了韩枫之外，其他人都不太清楚内情。韩枫说药尘是死于炼丹反噬，哼，这理由未免太牵强了一点儿。药尘的炼药术独步天下，他岂会犯这种低级错误？这其中一定有猫腻。"大长老冷笑道。

"大长老的意思是……"黄衣长老一怔，旋即放低了声音道。

"听说药尘的老友风尊者这些年一直在查探，想来他也不相信药尘会死得这样不明不白吧。"大长老摆了摆手，"好了，这些事都和我们没有多大的关系，现在最重要的，还是要严加提防韩枫这个家伙。他若是纠集了黑角域那些势力来抢异火，就算是我们迦南学院，也要大为头疼。"

"嗯，这件事我立刻去办。"黄衣长老点头道。

大长老微微点头，忽然问道："对了，那名也拥有异火的新生萧炎最近如何了？"

"哈哈，据说他去深山修炼了两个月，回来时已经突破到斗灵。这修炼速度，可真是令人咋舌。而且在与韩闲的炼丹比试上，他竟然还成功地炼制出五品丹药。"黄衣长老声音之中充满惊叹。

"哦？"大长老脸色微微一变，点了点头，道，"他也是一名炼药师，而且看样子炼药术水平还不低，再加上不错的修炼天赋，能有这般修炼速度，倒也在情理之中。吩咐下去，尽量不要为难这个小家伙，他想干什么都由着他，日后，说不定还要依靠他。"

"嗯。"黄衣长老再度点头。自从得知萧炎能够炼制五品丹药之后，他们这些长老对萧炎的看法改变了不少。五品炼药师，这个身份，可比他们这些长老

的斗王要高贵得多。

"你先出去吧，把我的吩咐传给每位长老。"大长老挥了挥手，脸色猛地一变，一直古井无波的脸上在此刻浮现一抹惊愕。他的视线透过窗外绿荫，直直地射向遥远的深山中。

"大长老？"黄衣长老有些疑惑地问了一声，以他的实力，尚不能感应到那股强大的能量波动。

"好强的能量波动，这般动静，至少是六品丹药形成啊！"大长老的目光犹如穿透了空间，直接投射到深山之中的那处山巅。

"六品丹药？"黄衣长老脸色大变，失声道，"这内院之中，可没人能炼制出这种品阶的丹药啊。"

"我得去看看，你照我先前所说去做。能够炼制六品丹药，难道是韩枫不成？"大长老喃喃了一声，脸色变得极为难看。这般大敌，若是偷偷摸摸地潜进内院，那可是极为不妙。

话音刚刚落下，大长老便身形一颤，待黄衣长老抬起头时，面前的一道黑色残影已经缓缓消散。

在大长老发现能量波动的一刹那，远在山脉另一头的黑角域某个僻静的楼阁上，一名青色长衫上绣着一片枫叶的男子抬起头，其目光所望之处，赫然也是能量爆发之地。青衫男子面容颇为俊逸，一头黑色长发垂至肩膀处，身体时刻散发着一股异样的药香，令人忍不住有种想亲近的感觉。

"这般波动……是六品丹药形成？"片刻后，他皱了皱眉，道，"山脉另外一头，应该是迦南学院，难道是那火老头儿在炼制？可他似乎炼制六品丹药还有些困难吧？难道几年不见，他的炼药水平提高了许多？"

"这波动在迦南学院范围内，倒是不好前去查探，虽然不惧他们，但若是被那些老家伙发现，会有一些麻烦。"青衫男子摇了摇头，缓缓转过身。他的胸口处有一枚徽章，徽章上绘着一个古朴的药鼎，药鼎上六道金光闪闪的奇异波纹微微波动，刺得人眼睛生疼。

六道金纹，在炼药界，一般只有六品炼药师才有资格佩戴，而这位看上去不过三十岁左右的男子，居然有资格佩戴，这等实力，在黑角域中唯有一人——药皇韩枫！

一处山巅之上，一道两丈粗的蓝色能量光柱直冲云霄，许久不散。

药老缓缓地从地面上坐起，望了一眼那巨大的光柱，皱了皱眉头，伸手一招。光柱顿时急速颤抖，片刻后，一缕蓝色光芒从光柱之中掠下，悬浮在其手掌之上。

蓝色光芒逐渐退去，露出本体，赫然是一枚龙眼大小的蔚蓝色丹药。丹药表面润泽，有隐隐蓝纹，像一道道海浪，极其玄奇。随着这缕蓝色光芒从光柱中脱离，那道巨大的光柱犹如失去能量支撑，略微颤抖了几下，逐渐变得虚幻，最后完全消散。

萧炎这才松了一口气。振动着紫云翼，萧炎缓缓地落在山巅，好奇地望着悬浮在药老手心的蓝色丹药，道："这便是地灵丹？"

药老笑着点了点头，苍老的脸上似乎有一点儿疲累，想来是消耗太大。

萧炎轻声道："如今丹药已经炼成，老师先回戒指休息吧。"

"唉，这灵魂体的确难以发挥全部实力，以前炼制六品丹药，何需这么久。现在不仅耗时久，而且也极为消耗精力。"药老摇了摇头，叹息道。

"放心吧，老师，等我得到陨落心炎，便开始尝试给您炼制容纳灵魂的躯体。若炼制成功，您就能重生了。"萧炎笑着安慰道。

"这我倒是不急，这么多年都熬过来了。"药老笑了笑。

萧炎嘿嘿一笑，伸出手对着丹药抓过去。然而其手掌刚刚握拢，那枚地灵丹便化为一道蓝光射出，盘旋在药老身旁，仿佛具有灵性。

萧炎错愕地道："难道六品丹药都具有灵性？竟然还懂得闪避？"

"寻常的六品丹药，不会具有这般灵性。这地灵丹在六品丹药中名列前茅，特别是经过我的骨灵冷火的催化，自然更有灵性一些。"药老笑着解释道，一挥手，悬浮在身旁的地灵丹便自行飞进他手中。他取出一个玉瓶，将其塞了进去，然后把玉瓶抛给萧炎。

萧炎小心翼翼地接过玉瓶，道："六品丹药都有这般灵性，那更高阶的丹药岂不是会口吐人言了？"想象着一枚丹药与人攀谈的样子，萧炎额头上不由得冒出了冷汗。

"哈哈，七品丹药的确灵性更强，甚至有些丹药在出炉后，一个不慎，便会自行飞走，让累得半死的炼药师目瞪口呆。八品丹药甚至能够与人拼斗。"药老大笑道。

萧炎有些无语，能与人拼斗的丹药？

"八品都如此强横，那九品十品岂不是要逆天了？"萧炎苦笑道。

"据说有一些九品丹药能够化作人形。"药老的一句话，便让萧炎脑袋大了一圈。越来越离谱了，这丹药还能变成人了？

"九为数之极，九品之上并非称为十品，而是独一无二的帝品。这种品阶的丹药，远古之后便从未出现过。我曾经看过一些古书，似乎这帝品丹药，和斗帝这个仅仅存在于传说中的阶别有些关系。"药老轻笑了一声，最后一句话却压得极低。

萧炎抹了把冷汗，这帝品丹药竟然如此恐怖？难道想要突破到斗帝，就必需帝品丹药？

"帝品丹药，千年以来无人能够炼制。其一是缺乏药方，这种等级的药方和我们使用的药方有着本质上的区别，我们是炼制天地灵药，帝品丹药，那是炼制天与地、山与海。"药老淡淡的声音，给萧炎带来莫大的震撼。炼天地为丹，这也太恐怖了吧？

"其二嘛，便是没人具备那种实力。"药老笑了笑，旋即补充道，"即使我恢复到巅峰，也达不到那种地步。"

深呼吸了一口气，萧炎默默地点了点头。没想到炼药师竟然还有这等逆天手段。

"好了，现在你知道这些也没什么用，日后等你到了那个阶别，该知道的自然会知道。"药老挥了挥手，将黑魔药鼎收进漆黑戒指中，然后又挥了挥手，漆黑戒指便极为准确地套在萧炎的手指上。

萧炎点了点头，笑着道："既然地灵丹已经炼制成功，那我们就先回内院吧。"

药老点点头，刚欲进入漆黑戒指中，脸色一变，霍然转过头，望向迦南学院方向。

"老师，怎么了？"药老的举动让萧炎紧张起来，他急忙问道。

"先躲起来，有人过来了，而且来人实力极为强悍，想必是被先前地灵丹形成时的动静吸引过来的。"药老沉声道，略一沉吟，身形化为一片光幕覆盖到萧炎身体上，低低的声音在萧炎耳边响起，"快躲起来，以你的实力肯定逃不过搜索，因此我只能使用灵魂力量将你包裹，快！"

萧炎振动着紫云翼，目光在四周快速地搜索了一圈，旋即径直朝一座庞大的山峰冲去。

蹿进葱郁的森林中，萧炎躲在隐蔽之处，目光透过树枝缝隙，望向遥远的天空。不久后，忽然有细微的破风声响起，一道黑影骤然出现在半空中。在黑影停下的一刹那，萧炎清晰地感觉到一股极为庞大的无形波动蔓延开来，将附近几个山峰都包裹进去。

这无形波动不断来回扫描，好在萧炎被药老的灵魂包裹，并未被发现。扫描持续了一会儿后，便停止下来，黑影一颤，再次现身时，竟然出现在药老炼制丹药的那座小山峰的山巅上。

"好恐怖的速度。"萧炎透过树枝缝隙，悄悄地扫视来者，只能辨认出对方

是一位有着白色头发的老人。

"想必这人也是内院中人,但是他的实力却比那些长老强上许多,他应该便是内院的大长老吧?"萧炎猜测道。

"不知是何方朋友在我内院之中炼丹?能否出来一见?"黑袍老者环顾四周,看似平静浑浊的眼睛,却闪烁着厉芒。

萧炎自然是不可能依言现身,身体纹丝不动,有药老灵魂力量的遮掩,他相信,就算这黑袍老者再厉害,也察觉不到他的方位。

"难道已经走了?"黑袍老者轻叹了一声,身形几个闪掠,便消失在天际。

萧炎这才轻轻松了一口气,刚欲起身,药老的声音在耳边响起:"不许动!"

萧炎咧咧嘴,只得一动不动。就这样过了近半个小时,就在他即将忍受不住时,其眼瞳骤然一缩。原本空无一人的山巅上,突然微风吹过,一道黑袍人影犹如鬼魅,缓缓地出现在萧炎的视野之中。

望着那道再度诡异出现的人影,萧炎的额头上瞬间冒出冷汗。这老家伙还真是狡诈啊,若是刚才没有药老提醒,恐怕他一现身就会被逮个正着。

再度出现的黑袍老者无奈地环视四周,现在他才确定,在此炼制丹药之人已经走远。他无奈地叹息一声,身形一颤,再度消失。

萧炎终于彻底地将紧绷的神经放松下来,他全身无力地趴在树枝上,任由冷汗将衣衫浸透。

第八章
探宝的天赋

在避开黑袍老者的搜索之后,萧炎在深山中又逗留了半天,这才施展紫云翼,小心翼翼地回到内院。

借助着夜色的掩护,萧炎又一次顺利地摆脱了那些想要向他挑战的好事者,径直蹿进磐门,大摇大摆地回到楼阁。然而当其推门而入时,面前一道白影骤然掠来,他急忙机警地退后了一步。他定睛一看,不由得有些愕然,原来面前这道白影,竟然是紫妍。白衣小女孩满脸期盼地望着门口的萧炎,一副垂涎欲滴的模样。

"紫妍,你怎么来了?"萧炎干咳一声,笑着揉了揉紫妍的小脑袋,然后侧身闪进房间。进入房内,他发现薰儿、琥嘉、吴昊等人都在,目光有些怪异地望着自己。

"你给我炼的药丸吃光了。"紫妍犹如跟屁虫,紧紧地跟在萧炎身后,小脸蛋儿微红,有些不好意思地道。

闻言,萧炎抹了一把冷汗。这小家伙不愧是魔兽,药性这么狂野的药丸都

能在几天内全部吃光,她是将那些药丸当作糖果来吃的吧?

萧炎快步走进大厅,就听得琥嘉悄悄地嘀咕道:"这小女孩究竟是什么人?今天早上她突然来到我们磐门,就说要找你,听说你不在,就坐在这里不肯离开,小脸冰冷得吓人。念及她是小孩,我们也不好强来。"

萧炎点了点头,苦笑道:"还好你们没强来,不然的话,这楼都得被拆了。"

"啊?"听得萧炎此话,吴昊与琥嘉错愕地望着那个小女孩。如此可爱的小女孩,竟然那么暴力?

"这小女孩虽然年龄小,但是体内蕴藏着极为强大的能量,真要动起手来,这里没有一个人是她的对手。"薰儿倒并未惊讶。

萧炎有些诧异地看了薰儿一眼,她这灵敏感,可不是一个大斗师能够具备的。

琥嘉与吴昊面面相觑,讷讷道:"不可能吧?她才这么小……"

"凡事可不能光看表面。"萧炎笑了笑。

在柔软的椅子上坐下时,萧炎感到有些疲累,揉着额头,眼睛也眯了起来。这几天观摩药老炼制地灵丹,消耗了他不少精力。

在萧炎刚刚坐下,一阵稀里哗啦的声音忽然响起。萧炎疑惑地睁开眼睛,见到面前桌上摆满了药材。桌子旁边,紫妍正将一枚纳戒套在自己的手指上。

"这是守护药库的老头儿让我给你送过来的,他说这些药材是什么刘长老准备的。"这件事情明显无关紧要,紫妍立马又从纳戒中掏出一株像植物根茎的粉红色块状药材,期待地望着萧炎道,"还有,你说了我吃光药丸就可以找你的。"

萧炎瞥了一眼桌上的药材,随意地翻看了一下,点了点头。那刘长老倒是没有太吝啬,这里的药材,应该有着三份的量。显然,刘长老担心萧炎失败率太高,咬着牙从牙缝中多抠出了一点儿。

萧炎接过紫妍手中的药材,上下翻看了一下,不由得叹息了一声。这东西是一种名为火灵根的稀罕药材,其中蕴含浓郁火系能量,他也有些心动。

"你这家伙简直就是一个糟蹋药材的活宝啊。"萧炎摇了摇头，苦笑道，"郝长老非被你气死不可。"

"胡说！这药材是我自己在深山中找到的，我本来就对这些天地灵物有着特殊的感应，才不是偷那个老家伙的呢。"紫妍乌黑的大眼睛一瞪，怒道。

"特殊感应？"萧炎心头不由得一动，难道她有一种与生俱来的探宝天赋？

萧炎眼睛一亮，心里琢磨开了。如果有她的帮助，在深山中寻找天地灵物，无疑能够减少很多麻烦。

"你说你能感应到那些深埋地底的药材？"薰儿有些惊诧地问道。

紫妍看了薰儿一眼，不知为何，她对这个漂亮的姐姐隐隐地有一些忌惮："哼，这内院深山中，我当然知道哪里有灵药。不过大多数灵药都有实力强横的魔兽守护，就比如山谷中那头雪魔天猿，它守着好东西，我去了几次都被它打回来了。后来在内院遇见一个有着银色头发的姐姐，我看她顺眼，就告诉她雪魔天猿守护的东西，不知道她得手没有，她说了如果得手还要分我一份呢。"

紫妍这话一出口，大厅中的几个人脸色都变了。琥嘉与吴昊满脸骇然地望着紫妍，雪魔天猿的名头他们自然听说过，没想到这个小女孩居然敢独自与这种凶兽交手。这等实力，即使放眼内院，也寻不出几人吧？

"没想到韩月知道那山谷中藏有地心淬体乳，竟然是紫妍告诉她的。这事情，可真是有趣。"萧炎啧啧地摇了摇头。

"嘿嘿，紫妍，我们来做个交易，怎么样？"萧炎转了转眼珠，忽然脸上堆满笑容，冲着紫妍笑眯眯地道。

"你想干吗？"瞧得萧炎不怀好意的笑容，紫妍退后了一步，警惕地道。

"以后只要你药丸吃完了，我可以放下所有事情，第一时间帮你炼制。"萧炎含笑道，"但是作为交换条件，我去深山寻找药材的时候，你得跟我一起。"身为炼药师，对珍稀药材的渴求超过一切，紫妍的探宝天赋对他来说，无疑有着巨大的吸引力。

"你想让我给你探寻药材？"紫妍虽然年龄小，但是脑子不笨，萧炎的心思，一下子便被她猜中了。

"我给你炼制药材，也很消耗气力的啊，总不能让我白干吧？"萧炎摊了摊手，道。

紫妍皱着眉头想了好一会儿，才有些不甘地点了点头，嘟囔道："随便你，反正我只带你去找药材，如果遇见守护药材的魔兽，你得自己解决。当然，要我出手也行，需要给我报酬。"

萧炎笑着点了点头，起身将桌上的大堆药材全部收进纳戒中，然后冲着紫妍扬了扬手中的火灵根，道："晚上帮你炼制，你明天过来拿吧。"

"不要，我就在这里等。"紫妍连忙摇头，道。

"随你吧。薰儿，给她安排个地方，这几天我实在太累了，先休息一下。"萧炎点了点头，冲着薰儿吩咐道。

薰儿笑着点了点头，瞧得转身上楼的萧炎，嘴唇动了动，似乎有什么事情要说，不过片刻后，只发出无声的轻叹。薰儿低头对着身旁的紫妍笑了笑，与琥嘉和吴昊打了声招呼，便牵着紫妍向着一个房间行去。

夜，笼罩着整个内院，偶尔灯光闪烁，驱散了些许黑暗。

楼阁之中的一个房间里，薰儿站立在窗边。微弱的月光从窗口射进，将她玲珑纤细的娇躯包裹，青丝随风轻拂，别有一番动人气质。

房间里的阴暗处，有团黑影忽然蠕动起来，最后凝聚成一道苍老的人影。

"小姐。"老者恭敬地对着薰儿躬身行礼，看其面貌，正是凌影。

"凌老，有事便说吧。"薰儿转过身来，精致无瑕的脸上浮现淡淡笑容，轻声道。

闻言，凌影略微迟疑了一下，方才低声道："小姐，族长有命令传来。"

凌影话音刚刚落下，薰儿的身子便轻轻颤了颤。

"说。"月光笼罩中,少女的声音略微有些清冷。

"萧家族长失踪的事情,已经传到族中了。"凌影苦笑道,"现在族中有些乱。萧战失踪,说不定萧家的那部分钥匙也随之消失了,小姐也知道族中对这个有多么看重。"

"族中是否派人查探萧叔叔的下落?"薰儿微蹙着黛眉,片刻后,忽然问道。

"已经开始查了,不过暂时还没消息。知道萧战下落的,或许只有当日追杀萧战的云岚宗大长老,不过可惜,萧炎在暴怒之下已经把他给杀了。"凌影摇了摇头,道。

"萧叔叔被云岚宗追杀后失踪,他自然是有些失去理智。"薰儿叹息了口气,道,"先说说父亲的命令吧。"

"族长大人说,若是小姐再找不到那部分钥匙,就必须立刻回去。既然钥匙已经消失,便不必在萧炎少爷身上浪费时间。"凌影低声道,"小姐,您迟迟不肯回去,并且一直和萧炎少爷在一起,恐怕族长也猜到一点儿端倪。他似乎对此很不满。族中一些长老也是这般意思,他们认为,萧炎少爷配不上您。"

薰儿没有丝毫动容,淡淡地道:"配得上配不上,日后他们自然会知道。"

"已经等不到日后了,本来当初萧炎少爷离开乌坦城时小姐便该回去。这一拖就是三年,族中不满的声音越来越多。毕竟小姐您对家族至关重要。"凌影轻声道,"这次族长大人下了死命令,一个月之后,若是再不回去,族中就会有人亲自过来。小姐也不想让现在的萧炎少爷与族中接触吧?您也清楚,萧炎少爷的实力,根本没有半点儿令家族正视的资格。"

贝齿紧咬着红唇,薰儿紧握纤手,半晌后,点了点头:"嗯,我知道了。"

虽然她已经知道萧家那部分钥匙在何处,但她并未说出,因为她清楚,一旦这消息传进族中,萧炎定然会……

凌影无奈地叹息了一声,身体一扭,便化为黑影掠进黑暗之中,微微蠕动,最终消失不见。

凌影消失之后许久，薰儿方才缓缓移至窗前，望着那浩瀚夜空，脸上不由得浮现一抹淡淡的苦涩。她对萧炎的潜力，从未有过半点儿怀疑。即使当年他从天才变成废物，一蹶不振时，她也依然相信他迟早会再度令人仰望。但是，天才在那庞大得令人感到惊栗的势力面前，依然微不足道，不能引起他们关注。无数年的传承，令那古老的势力见证了一个又一个天才的崛起与陨落。他们在乎的，只会是你此时究竟有何等成就！

"他们不相信，"嘴角轻轻勾起一抹淡淡的嘲讽，薰儿喃喃道，"我相信就好了……"

翌日，经过一夜休息，萧炎再度变得精神抖擞，一起床便花费半小时先将紫妍的火灵根炼制完毕。至于刘长老所需要的龙力丹，反正也没规定时间，他也不急着炼制。

萧炎刚刚走进大厅，紫妍的身影便犹如鬼魅般闪了出来，乌黑的大眼睛一眨一眨地望着萧炎。萧炎哭笑不得地将玉瓶丢给她，望着她那欣喜的神色，不由得暗自苦笑。这小女孩虽然实力强横，但是心智和同年龄的普通小女孩相差不多啊。

得到了药丸，紫妍终于不再缠着萧炎。东西刚刚拿到，她也不好意思马上走，于是便乖乖地坐在一旁，那副娇俏可爱的模样，令一旁的琥嘉恨不得冲上去在她脸上狠狠地捏两把。

此时的大厅中，薰儿、琥嘉、吴昊三人都在。今天吴昊倒没急匆匆地赶去竞技场，这个家伙对战斗的狂热，就连萧炎也有些无语。

吃早餐时，萧炎向薰儿等人询问了磐门的近况，在确定一切良好之后，这才松了一口气。不管怎么说，他始终是磐门的首领，虽然这个首领当得有些不太负责，但是他从未忘记自己的身份。

吃完早餐，萧炎刚欲起身，紧闭的房门却猛地被推开，旋即林焱那大嗓门，便在大厅之中回荡。

"萧炎,听说你回来了?哈哈,今天有没时间切磋一下啊?这几天在竞技场打了几场,都不过瘾啊。那些兔崽子,看见我就跑。"穿着随便的林焱,大摇大摆地走进门,也不管萧炎几人无奈的脸色,径直来到桌旁,随手抓起桌上的馒头狠狠地咬了一口。

"咦,这小丫头是谁?噗……"嘴中嚼动着馒头,林焱也不理会萧炎等人,目光转向坐在一旁的紫妍,刚刚笑着问了一声,旋即便呆住了,口中嚼碎的馒头带着口水被狂喷了出来。片刻后,他就像触电一样,满脸惊骇地急忙后退。

"你……你怎么在这里?"惊骇万分的尖锐声音从林焱嘴中传出。

瞧得林焱这突然间的变化,薰儿、琥嘉、吴昊三人皆有些摸不着头脑,只有萧炎清楚,这个家伙怕是认出紫妍来了。

"你大喊大叫的做什么啊?"紫妍捂着耳朵,极其不满地对着一脸惊骇的林焱道。

咽了一口唾沫,林焱见紫妍没什么特别的举动,这才稍微放下心来,绕过大厅中的大桌,小心翼翼地来到萧炎几人身后,低声道:"这个家伙怎么在你们这里?你们没事吧?"

"很好。"萧炎摊了摊手,笑道。

瞧着萧炎那副若无其事的样子,林焱不由得一瞪眼睛:"你知道她的身份吗?"

"嗯。"萧炎笑了笑,走到紫妍身旁,摸了摸她的脑袋,笑着道,"很可爱的小女孩。"

"可爱……"嘴角一阵抽搐,林焱心道,"如果你看过上一次强榜大赛,这个家伙把所有参赛者踢下场的恐怖场景,或许就不会这么觉得了。"

"我吃完了,哼,走了。"将手中的早餐塞进嘴中,紫妍甩甩脑袋,将萧炎的手甩开,对着林焱哼了一声,这才蹦蹦跳跳地朝门外行去。临出门时,她还

回头对萧炎道:"记得我们的交易哟。还有,看你挺顺眼,有谁欺负你的话,你就来找我,像你身边那个家伙,我一拳一个。"

说完,小女孩得意地扬了扬小拳头,然后甩着紫色马尾辫,蹦跳着消失在萧炎等人视线中。

"萧炎,你什么时候认识了这个蛮力王?"紫妍消失后,林焱才恢复正常,一拳头砸在萧炎肩膀上,惊诧地道。

"没想到你口中怕得要死的强榜第一,竟然会是这么一个小女孩。"萧炎笑着摇了摇头,戏谑地道。

林焱的脸通红,他哼了一声,道:"有这个怪物罩着你,你还怕什么柳擎啊?那个家伙看见她,也只有绕道走。"

"我指望一个小女孩给我撑腰?"萧炎笑着摇了摇头。他一个大男人,还不想仗着一个小女孩耀武扬威呢。

萧炎笑着拍了拍林焱的肩膀,刚欲说话,门口忽然传来一阵急促的敲门声。在薰儿轻声应答中,一道人影急匆匆地闯了进来。

"阿泰?你怎么了?"望着气喘吁吁的阿泰,萧炎愕然道。

"嘿嘿,头儿,有关您的事情。"阿泰挠了挠头,道,"昨日我请假去了外院一趟,听说有人正急着寻你。"

"哦,谁啊?"萧炎皱眉问道。

"好像是叫萧玉吧,她还说是你姐呢。"阿泰道,"看她脸色似乎真有急事。内院不准外院学生进入,所以她请我来通报一声,让您无论如何一定要去外院一趟。"

萧炎的脸色一变,他对萧玉很了解,若不是真的出了大事,她不会这般焦急。可在这外院中,能出什么事?

来回地踱了两步,萧炎转身向着门外走去,沉声道:"走!"

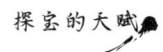

内院结镜出口处，几道人影掠出，赫然便是萧炎、薰儿等人，其后还有因好奇跟过来的林焱。

一道淡淡的苍老声音在诸人头顶上响起："想要出内院，必须有长老的信件，你们这么一大群人，是想干吗？"

听得声音，萧炎等人连忙抬起头来，却瞧得一根树枝上，一位老者正迎风而立，仔细看去，正是在初进内院时遇见的那位苏长老。

"苏长老，学生萧炎，有急事需要去一趟外院，手中没有信件，还请通融一下！"萧炎上前一步，压抑住心中的急迫，对着树枝上的老者拱手恭声道。

"哦？萧炎？"闻言，苏长老看见那副略有些熟悉的面孔后，原本淡然的脸上顿时多出了一抹笑容，"哈哈，原来是萧炎同学，怎么，在内院待得闷了，想出去走走啊？"

"哪儿有这等闲情，出了点急事，需要去看一看。"萧炎苦笑了一声，对着苏长老拱手道，"长老，拜托了。"

苏长老略微迟疑了一下，按照内院规矩，没有信件，那是绝对不能放人出去的。不过萧炎不一样，他是大长老亲自交代要多加关照之人，尽管苏长老一直守在此处，也听说了萧炎能够炼制五品丹药。

"本来按照规矩，无信件不能放人，不过今日看在萧炎同学面上，便破例一次吧。"沉吟片刻，苏长老一挥手，笑道。

"多谢长老！"萧炎顿时大喜。

"嘿，你这家伙面子不小啊！我来了几次，这老家伙每次都板着一张脸，不给信件就不让通过，没想到竟然会对你网开一面。"萧炎身后，林焱有些惊诧地道。

萧炎笑了笑，他清楚，这些长老之所以对他这般客气，是因为他能够炼制五品丹药。身为炼药师，他很明白五品丹药对于这些长老有着何等吸引力。

"萧炎哥哥，不要担心，在迦南学院中，应该不会发生太大的事情。"一直

关注着萧炎的薰儿忽然轻声道。虽然萧炎掩饰得极好,但是她依然觉察到其眉宇间有着淡淡的焦虑。

萧炎点了点头,低声道:"萧玉这人你也清楚,性子高傲,若非遇上大事,绝不会来找我。不管怎么说,我们都是一个家族的人,况且萧家还因为我搞成如今这般模样,对于他们,我有些歉意。"

薰儿笑了笑,轻轻地握了握萧炎的手掌,示意他不用太担心。在两人低声谈话时,面前那片空旷地带,空间忽然剧烈地波动起来,旋即空间好像被一只无形的大手强行撕裂,一扇银光璀璨的大门,出现在众人的视线之中。

"外面我已经发了信号,有狮鹫兽待命。这内院外的深山中,魔兽众多,如没有狮鹫兽,想要到达外院,至少要耗费一周时间。"苏长老轻飘飘地从树枝上落至地面,冲着萧炎等人笑道。

"多谢苏长老了,今日之情,萧炎必有所报。"萧炎对着苏长老感激地一抱拳,便率先向着银色大门快步走去,光芒闪烁,人影便消失不见。

萧炎之后,薰儿等人紧紧跟上,一片银光闪烁后,森林之外便再度变得空荡荡。

"萧炎这副急匆匆的模样,看来的确是有急事。这事得向大长老汇报一下。"苏长老沉吟了一会儿,便转身跃上天空,背后一对斗气双翼浮现,朝着内院之中急速掠去。

出了银色大门,一望无际的连绵山脉便出现在萧炎的视野中。在前方不远处,一条深不见底的山涧横亘。山涧旁,一头巨大的狮鹫兽正扑扇着翅膀,狮鹫兽背上还有着两名驾驭者。

"哈哈,几位是要去外院吧?请上来吧。"瞧得萧炎等人出现,一名驾驭者起身对萧炎笑着道。

"多谢了。"萧炎也不废话,手一挥,便率先掠上,笔直地站在狮鹫兽那颇为滑腻的背上,纹丝不动。薰儿等人紧跟而上,众人都非寻常人物,自然不会出现萧炎当初进入内院时，一些新生滑下狮鹫兽的糗事。

瞧得他们这般稳健的身法，那两名驾驭狮鹫兽的人暗自赞叹，不愧是内院的学生，这般身法，的确远非外院的学生可比。

"坐稳喽！"一声吆喝，狮鹫兽猛地一振翅膀，掀起一阵狂风，巨大的身体直冲天空，向着山脉之外的外院急速飞去。

外院，狮鹫兽停泊广场。

狮鹫兽极其惹眼，因此有不少外院学生簇拥在广场周围看热闹。萧炎、薰儿、琥嘉、吴昊四人在进入内院之前，都是外院的明星人物，即使如今时隔半年，仍有不少学员记得他们。因此，四人一露面，周围便响起了阵阵窃窃私语，一道道炽热的目光投了过来。

步履匆匆的萧炎自然无暇理会这些目光，直接带着众人走出广场，朝着记忆中若琳导师的住处行去。

"嘿，那个青衣女子好漂亮啊，以前怎么没见过？真是可惜。若是以前见到，说不定有机会一亲芳泽呢。"望着消失在视线尽头的萧炎等人，一些人抬高嗓门说道。这半年时间里，又有一批新生进入了外院。看先前萧炎一行的气势，这些新生不敢随便说话，如今人一走，胆子自然大了。

"你这小子皮痒了是吧？那是萧炎学长的女人，凭你还想和人家亲近？"一名年龄较大的学员，斜瞥了一眼身旁议论的新生，冷笑道。

"萧炎是谁？我只听过新生王阁承，可不知道什么萧炎。"那名新生也是个刺头，不客气地反击道。

"新生王阁承？嘿嘿，一群不知天高地厚的新生搞出来的玩意儿，还想和人家萧炎比。当初萧炎学长在进入内院时，便已经是六星大斗师，如今在内院苦修半年，实力肯定精进了许多，说不定已经达到大斗师巅峰。那王阁承又算老几？"一名老生讥讽道。那所谓的新生王，不过是这届新生选出来的。那王阁承

实力最为出众，便被一群新生拥戴为新生王。

听闻萧炎可能已经达到大斗师巅峰，那名新生的脸色一变，不敢再说什么轻薄的话，夹着尾巴灰溜溜地跑了。

萧炎等人自然不知道外院半年来的变化，而且就算知道了也不会放在心上。磐门如今在内院都排得上名号，哪里还需要理会外院的这些新生？

一伙人快速向着若琳导师的住处行去，因为有薰儿与琥嘉这两个女孩子，一路吸引来不少目光。一些老生倒是认得他们几人，那些新生却满脸好奇地驻足观望，悄悄地议论着。

约十来分钟后，若琳导师的那座雅致楼阁便出现在萧炎眼前。他悄悄松了一口气，加快脚步，来到门前轻轻地敲了敲门。

嘎吱！一张熟悉的有些憔悴的脸出现在萧炎的视线中，萧玉瞧得站在门口的这群人，先是愣了愣，当目光转到萧炎身上时，美眸之中，珠泪逐渐酝酿，大有如暴雨般滚落之势。

"别哭，别哭，究竟怎么了？我可是马不停蹄地赶过来的。"萧炎第一次看见萧玉在他面前露出这般柔弱姿态，大感愕然，急忙问道。

萧玉贝齿紧咬着红唇，最终并未哭出来，只是一手拉着他，急忙向着屋内跑去。萧炎不敢有丝毫反抗，任由她拉着前行。

在萧玉的带领下，众人穿过大厅，最后到达一扇门前。萧玉这才放缓脚步，轻轻推开门。

萧炎望着萧玉那副神色，手掌轻轻颤了颤，缓步走进房间，旋即看见了一个躺在床上的男子。男子约二十五岁，紧闭着眼睛，苍白如纸的脸上有一抹痛苦之色，身体时不时轻微颤抖。这张脸庞，竟与萧炎有着三分相像。

萧炎死死地盯着那张熟悉的面孔，拳头猛然间紧握，漆黑眸间，隐隐有血丝蔓延。片刻后，一道压抑的低低声音，从其喉咙间传出："二哥！"

房间之中，气氛令人窒息。林焱等人望着首次在他们面前展露暴怒的萧炎，

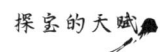

皆有些暗暗咋舌。这家伙，平日总是一副笑容满面的温和模样，没想到真发起火来，竟然这般可怕。

萧炎死死地盯着脸色苍白的萧厉，半响，深呼吸了一口气，转头对红着眼睛的萧玉沉声道："究竟怎么回事？二哥不是在加玛帝国吗？为什么突然来到迦南学院？"

"前两日萧厉表哥忽然出现在学院门口，托人找到了我。我赶去时，便看见他这副虚弱模样。在见到我时，他只说了一句话便昏了过去。"萧玉低声道。

"什么话？"萧炎心头一跳，声音沙哑地道。

"通知萧炎，萧家出事了！"

轰！一股强横气息骤然间爆发。距离萧炎最近的萧玉，被震退了几步，她一脸震惊地望着脸色阴沉得可怕的萧炎，这股气息……甚至比若琳导师强悍许多啊！半年时间不见，萧炎怎么强悍到了这般地步？！

"萧炎哥哥，不要激动！"一道倩影急忙掠到萧炎身旁，纤手紧紧地抓住萧炎的手臂，淡淡的金光涌现，萧炎那有些失控的气息，才逐渐平缓下来。

萧炎有些急促地喘息了一会儿，手掌依然忍不住地轻微颤抖着。在他离开前，萧家便被他秘密转移到大哥萧鼎所在的佣兵团，如今身为漠铁佣兵团二团长的萧厉出现在距离加玛帝国万里之外的迦南学院中，不用说，整个漠铁佣兵团连带着萧家，应该都遭受到毁灭性打击。

指甲深深地刺入掌心，鲜血顺着指缝滴落，萧炎望着床上面色苍白的萧厉，自责令他心中阵阵疼痛。没想到将萧家转移到大哥处，反而将他们害了……

萧玉微红着眼睛，家族出事，父母怕也难逃毒手，这等变故，令她彻底失去主见。如今的萧家，不知道在加玛帝国还残存几人。一想到原本偌大的家族，如今落得这般凄惨结局，萧玉终于忍不住低声哭泣了起来。

萧炎坐在床边，握住萧厉的手臂，将一丝斗气传进其体内。半响，他方才松开手掌，阴沉的面容缓和了一点儿，不过声音依然沙哑冷厉："二哥受了不轻

的内伤，不过好在并未有性命之忧。"

萧炎从纳戒中取出一枚治疗内伤的丹药，将其塞进萧厉的嘴中，片刻后，瞧得萧厉脸上有了些许血色，这才轻轻松了一口气。

"现在就等二哥苏醒吧，等他醒来，便能够知道萧家究竟发生了何事。"萧炎淡淡的话语中，充斥着冰冷杀意。

"难道是云岚宗干的?"薰儿低声道。

"如果是云岚宗，那我萧炎定会与它斗争到底，誓不罢休，直至其宗门覆灭！"萧炎嘴角忽然浮现一抹狰狞的笑意。

薰儿轻叹了一声，加玛帝国中，会对萧家出这般狠手的，除了云岚宗，再没有其他势力了。

琥嘉几人在暗叹了一声后，都悄悄退出。

寂静无声的房间中，忽然一阵剧烈的咳嗽声响起，坐于床旁的萧炎猛地抬头，见到了萧厉那缓缓张开的眼睛。双目对视，血肉相连的兄弟之情让两人的脸色都缓和了许多。

"终于看见你了啊，小炎子，我还以为走不到这里了。"萧厉靠在柔软的枕头上，笑了笑，叹息道，"三个月时间，若非靠着一头飞行兽，恐怕从加玛帝国走到这里，至少也需要一年时间吧。"

萧炎望着萧厉苍白的脸，鼻子忍不住有些发酸。半年之前的二哥是那般的意气风发，充满斗志，如今，却是这般模样。

"二哥，出了什么事？大哥呢？"萧炎握着萧厉的手臂，轻声道。

萧厉脸上的笑容缓缓消失，片刻后，他仰头轻笑了一声，笑声中却蕴含着悲痛与怒火。

"是云岚宗?"萧炎的手臂剧烈地颤抖着，暴怒与杀意充斥心头。

"在萧家转移到漠铁佣兵团之后的两个月中，一切平静，那云岚宗的搜索，也并未扩散到边境处。就在我们都以为危险已经过去了的时候，杀戮，却悄然来到。那天晚上，正是漠铁佣兵团每月欢庆之时，而那欢庆却变成了血宴。那晚围杀漠铁佣兵团的人，虽然伪装了自己的身份，但是云岚宗那种独特的剑意，又如何能够掩饰？"萧厉淡淡地笑了笑，脸上有着刻骨铭心的仇恨，"围剿漠铁佣兵团的人实力极强，佣兵团中的弟兄死伤殆尽。即使有几位长老拼死相护，萧家族人也损失不小。"

"云、岚、宗……看来云山那老杂种，真的是想赶尽杀绝啊！"萧炎漆黑的眼瞳几乎布满血丝，脸色狰狞得可怕，身体剧烈地颤抖着。片刻后，他猛然站起身来，却被薰儿一把拉住："萧炎哥哥，你要去哪儿？"

"回加玛帝国！我要云岚宗所有人陪葬！"

"你现在回去只有白白送死！萧家如今遭受大难，除了你，还有谁能挽救？你若死了，如何向萧叔叔交代？"见到萧炎那副狰狞模样，薰儿知道，他因为暴怒又有些失控了，急忙大声喝道。

"萧炎，你给我站住！大哥让我拼了这条命，万里迢迢过来寻你，可不是让你就这样给我跑回去！"萧厉怒喝道，"这血仇，必须得报，你有不可推卸的责任，但你现在回去，杀得了云山吗？"

萧炎的身体僵住了，几缕头发从额头上散落，一股压抑到极致的暴怒与杀意令他几欲疯狂。

"而且这事，并没有这么简单！"萧厉阴沉着声音道。

萧炎渐渐冷静下来，嘶哑的声音犹如破风箱一般："什么？"

"那夜剿杀我们佣兵团的，除了云岚宗，似乎还潜藏着别的势力……"萧厉眼中厉芒闪烁，"那些家伙躲在黑暗之中，我能够感受到那种阴冷的气息。他们犹如一团看不见容貌的黑影，而且他们的目标极为明确，全部指向我们萧家族人。他们的攻击无法抵御，偶尔从黑暗中射出一道漆黑色的铁链，便会有一名族人被射穿身体拖走。这些黑色铁链极为诡异，连斗气都能够洞穿。这些神秘的黑影，每次拖走一名萧家族人后，便会急切地搜查他们的身体，看他们的举

动,像在寻找什么东西。"

"黑影?铁链攻击?"萧炎大脑急速运转,一幕幕景象急速掠过,最后,画面陡然停顿!那是萧炎在黑域平原上的黑风暴中,偶然见到的黑影、黑色铁链……

身体逐渐地泛起寒意,药老与萧炎的声音,几乎同时在萧炎心中响起:"魂殿!"

"为什么他们会盯上萧家?萧家与他们没有半点儿瓜葛啊!"萧炎的身体僵住了,垂下的头发将面庞遮住,他在心中喃喃道。

药老也沉默下来,他也想不通为什么魂殿这种庞大神秘的势力会和一个小小的萧家过不去,魂殿根本不可能知道他在萧炎身旁。

"我们并不知道他们究竟要寻找什么,但是大长老在死前曾嘱咐我和大哥,"萧厉猛地抬头望着萧炎,道,"他让你务必将家族之玉保存好,绝不可落入外人之手!"

脑子里一片冰凉,一个念头在萧炎心中缓缓响起:"原来……他们的目标是陀舍古帝玉!"

第九章
萧厉的打算

房间内再次寂静。许久,想明白了一些因果的萧炎缓缓地吐出一口气,声音低沉地问道:"大哥如何?"

"我们一路被追杀,不过好在最后关头有援兵出现,救下了幸存的萧家族人。"萧厉说到此处,苍白的脸上露出了一丝庆幸。

"援兵?加玛帝国中还有敢与云岚宗对抗的势力?"闻言,萧炎皱眉道。

"援兵出现在漆黑的森林中,直到追兵被击退了,来者才亮明身份,是曾经跟在你身旁的那位老人。"

"海波东?海老?"萧炎一愣,一位总是一脸冷漠的老者,缓缓浮现在其脑海中。他点了点头,海波东出手救下幸存的萧家族人,这份恩情可是不小,日后是要好好地报答人家。

"大哥虽然也身受重伤,但还好,在那位老爷子的帮助下保住了一条命。老爷子似乎在米特尔家族中拥有极高的地位,因此幸存下来的萧家族人,便在米特尔家族的偷偷庇护下,转移到云岚宗的势力范围之外。我来迦南学院时骑乘

的飞行兽，也是向米特尔家族借的。不然的话，凭我们现在的经济实力，我只能徒步来迦南学院了。

"不过这黑角域不愧是大陆最混乱的地方，嘿嘿，其间被阴了几次，差点儿就把小命留在那里了。这些伤也是在黑角域中受的，那些家伙都是饿狼一般的人啊！"

萧炎紧咬着嘴唇，黑角域的血腥混乱，他亲身经历过，自然清楚。

萧厉苦涩一笑，道："如今漠铁佣兵团彻底完蛋了，萧家倒还好一些，但也元气大伤，只能偷偷摸摸度日，苟延残喘。"

萧炎握着萧厉的手："二哥，这血仇，我会报！"

"自然是要报，云岚宗将我萧家逼成这副模样，若是不杀了那云山老狗，怎对得起几位长老的拼死相护？"萧厉脸上浮现一抹阴狠之色，"只要我们三兄弟还活着，就要那云岚宗鸡犬不宁！"

萧炎默默点头。至少，大哥与二哥并未出事。他实在不敢想象，若是大哥、二哥也在云岚宗的围剿中丧生，他是否还能像现在这般保持理智。

"萧厉表哥，我……我父母可还好？"一旁，萧玉忽然出声，声音中带着一丝颤抖。

"哈哈，玉儿啊，几年不见，倒是越来越漂亮了。"萧厉望着眼睛泛红的萧玉，脸上的阴狠表情散去，沉默了一会儿，有些惭愧地道，"伯母倒还好，可伯父在战斗中断了一只手臂。"

萧玉的眼睛再度红了一圈，还好并未出现最坏的情况，这让她紧绷的神经稍稍放松下来，她轻轻点了点头，便在一旁沉默不语。

"二哥，你先把伤养好。家族的血仇必须报，不过你放心，我不会再莽撞行事，先前只是有些血气上涌。"萧炎从纳戒中取出一枚丹药递给萧厉，低声道。

萧厉接过疗伤药，毫不犹豫地塞进嘴里，直直地盯着萧炎，沉声道："别人可以莽撞，你不可以，现在你是整个萧家唯一的希望。父亲失踪，也需要你去查出真相。我和大哥的修炼天赋都不如你，所以，我们可以死，但你不能！你若真有什么意外，萧家便彻底完了！"

萧炎点点头，微笑着拍了拍萧厉的手臂，对萧玉道："你先照顾二哥，我与薰儿有话要说。"说完，他对着薰儿扬了扬下巴，两人缓缓退出了房间。

"告诉我魂殿的一些信息，以你背后的势力，想必应该听说过。"楼顶，萧炎的脸色再度变得阴沉，他对着薰儿淡淡地说道。

"魂殿？你怎么知道他们的？"薰儿听得从萧炎嘴中蹦出的名字，脸色顿时变了。

"我偶然遇见过，二哥所说的那些黑影的攻击方式，与我所见的魂殿之人的攻击方式几乎一模一样。我想，他们应该脱不了干系。"萧炎挥了挥手，盯着薰儿，沉声道，"告诉我。"

薰儿迟疑了一会儿，苦笑着点了点头，纤手撩开额前的青丝，整理了一下脑海中与魂殿有关的信息后，方才缓缓说道："魂殿是大陆上一个极为神秘与诡异的组织，他们最喜欢干的事，便是满大陆寻找灵魂体，然后将其擒拿。至于他们为什么要这么多灵魂体，我也不清楚。这个组织足迹几乎遍布大陆，没想到竟然连加玛帝国这种保守国家，都被他们侵入了。"

"魂殿似乎存在时间不短，所以他们同样知道大陆上许多隐秘。我想，他们之所以会找上萧家，应该是与萧炎哥哥手中的陀舍古帝玉有关系。"薰儿轻叹了一声，接着道，"萧炎哥哥手中的那一块陀舍古帝玉，其实仅仅是一部分钥匙，还有其他部分遗落在大陆各处。我族有一部分，另外……这个魂殿，同样拥有一部分。

"这些钥匙蕴含着极大的秘密。不管是我族还是魂殿，对于这些钥匙，都极为看重。当年为了这钥匙，我族与魂殿展开争夺，虽然最后胜利了，但是并未如愿以偿。如今魂殿之所以对萧家下手，应该是因为不知从何处得到了萧家那部分钥匙的消息。不然的话，以萧家的实力，根本不足以吸引他们出手。倒是

云岚宗和魂殿有瓜葛令人有些意外。

"据二哥所说,那位叫海波东的老爷子能够将那些追兵尽数击退,那么魂殿应该并未派遣真正的强者。当然,我族随时在关注他们的举动,因此他们真正的强者也抽不出身来。"

"钥匙,钥匙,又是该死的钥匙!"萧炎的拳头狠狠地砸在面前的墙壁上,怒道。

"萧炎哥哥,记得我上次跟你说过,陀舍古帝玉在你手中的事,不要与任何人说,甚至连萧厉表哥都不要告诉。不然走漏了风声,魂殿的追杀将犹如附骨之疽,永无止境。"薰儿上前一步,柔软的身体贴在萧炎身上,压低了声音正色道。

萧炎紧咬着牙齿,望着那近在咫尺的清雅容颜,嗅得那飘进鼻中的淡淡香气,狠狠地将薰儿搂进怀中,声音嘶哑地道:"若是当年没有年少气盛,与纳兰嫣然定下三年之约,也不会沦落至今天这般难以收拾的局面,更不会让家族破败,亲人失散!"

"人不轻狂枉少年,萧炎哥哥并没有错。"薰儿将脸靠在萧炎肩膀上,柔声道,"就算萧炎哥哥与云岚宗没有冲突,那魂殿也会找上门来,而且以他们的狠辣手段,定然会一锅端。到时,萧家便不是元气大伤,而是彻底覆灭了。

"现在的你,唯一能做的,便是让自己尽快地变强。正如二哥所说,为家族报仇雪恨,寻找萧战叔叔,全得靠你。你是萧家如今的支柱,你若倒了,这个家族就再也没有站起来的机会!

"萧炎哥哥要记住,现在萧家并没有倒,大哥正在加玛帝国带着萧家族人躲藏,他们还需要你回去!"

一句句温柔的话语,令萧炎被仇恨与杀意充斥的心逐渐恢复往日的清明。许久,萧炎仰头长长地吸了一口冰凉的空气,松开揽着薰儿腰肢的手臂,清秀的面庞上少了一点儿往日随时可见的懒散笑容,多了几分淡淡的冷厉。此时的萧炎，在家族变故的打击下，算是彻彻底底地摆脱了年少的稚嫩。

人，总是在经历了打击后，才会真正地蜕变与成长。

"放心吧，日后我不会再莽撞，等我有了足够的实力，我会回去。到时，定要那云岚宗百倍偿还！"萧炎抚摸着薰儿娇嫩的脸，声音阴冷而森然。

因为萧厉的伤还没有好利索，所以萧炎并未急着回内院，而是在外院待了几天。在这段时间里，萧厉的伤势不仅在萧炎那一粒粒珍贵的丹药滋养之下迅速好转，其实力也大为精进。

萧厉的实力正处于斗师巅峰，随时都可能捅破那一层障壁，一跃成为大斗师。对此，萧炎在略微沉吟之后，在为其疗伤时，暗中使用了一滴地心淬体乳。借助这般庞大能量，萧厉终于如愿以偿地突破了斗师，晋入大斗师！

虽然伤势已经痊愈并且实力大进，但经此变故，萧厉整个人变得阴郁了许多。他对萧炎等亲人还好，一旦与外人接触，眼瞳中如同鹰一般锐利阴冷的目光，令对方有如坐针毡的感觉。

萧炎现在需要考虑的，是如何将二哥萧厉安顿下来。这迦南学院毕竟是大陆极为著名的学院，来历不明之人，是不能一直住在这里的。这段时间若不是借助琥嘉与吴昊的名头，学院执法队早就来撵人了。

萧炎原本想介绍萧厉进入迦南学院，毕竟萧厉修炼天赋并不差。但是萧厉那股阴冷气质，不适合在学院这种气氛平和的场所久待，而且他也不喜欢在学院之中乖乖做学员。就在萧炎发愁时，萧厉却先找到了他，说出来的决定令他感到愕然。

"我想去黑角域。"萧厉舔了舔嘴唇，望着萧炎那愕然的表情，冷厉的脸上流露出一抹笑容，道，"我发现那里的氛围很适合我。以前在加玛帝国，不管怎样，总有着规则制约，而那黑角域中，没有任何规则，我可以在那里随心所欲地建立自己的势力。"

"黑角域固然是没有规则，但是太过混乱，实力弱者，很难有自己的生存空间。"亲身体验过那种混乱的萧炎，自然不太愿意萧厉去黑角域，因此竭力劝阻。

"放心吧，如今我也是大斗师，而且那种地方，又不全是使用武力。"萧厉摆了摆手，见萧炎依然迟疑，只得无奈地从怀中掏出两卷闪烁着银色璀璨光芒的卷轴，道，"这是一套雷电属性的斗气功法与斗技，等级为玄阶中级，两者配套使用，威力更是成倍增长。"

"咦，这些你是从哪儿弄来的？"萧炎愕然地道。玄阶中级的功法，不仅是稀少的雷电属性，而且还是成套的，这般价值，非同小可啊。

"嘿嘿，薰儿那妮子给的。"萧厉嘿嘿一笑，道，"这么多年不见，那妮子对你还是这般百依百顺，可别辜负了人家。她虽然从小在萧家长大，但是并非萧家之人，想必你应该知道。"

"果然……"萧炎苦笑着摇了摇头。他就知道，除了薰儿，还能有谁？

"你完全不用担心，我的雷电属性斗气，再加上这功法与斗技，就算是寻常的四五星大斗师，也奈何我不得。"萧厉笑了笑，"如今我们都身负血仇，我可不会轻易地死掉。"

萧炎望着萧厉的眼睛，许久，轻叹了一口气。萧炎很了解萧厉，只要他做了决定，真的是九头牛都拉不回来。萧炎皱眉沉吟了片刻，手掌忽然一翻，一张漆黑的奇异卷轴出现在其手中。他小心翼翼地抚摸了一下，这才递给萧厉，轻声道："这是一个飞行卷轴，名为雷蝠天翼。修习之后，便有类似斗王强者的飞天之能，只不过对斗气的消耗特别大。不到关键时刻，二哥最好不要施展。这东西来路有些不明，万一被人认出来了，会惹来横祸。"

这雷蝠天翼是当初萧炎截杀血宗少宗主时所得。这东西曾经在拍卖场露过面，很多人都知道是血宗少宗主购得的。如今血宗少宗主已经死了，这种赃物若是在萧厉手中被认出来，恐怕血宗的那些家伙会立马派人前来剿杀。

"嘿嘿，这可真是好东西。"萧厉满脸欣喜地接过漆黑的卷轴，没有丝毫客套，直接塞进怀中，道，"放心吧，那血宗我会留意的，我在路过黑角域时，也听说过他们。"

"你这几天还是暂留一下，我给你炼制一些丹药防身。"萧炎点点头，迟疑了一下，说道。

"哈哈，好。"萧厉清楚萧炎对自己在黑角域中闯荡极不放心。

萧炎轻叹了一口气，苦笑着拍了拍萧厉的肩膀，旋即转身走进静室，开始炼制丹药。萧炎要将能够短时间内大幅度提升肉体力量的龙力丹给备好。萧炎手中有刘长老送来的三份药材，因为萧炎炼制龙力丹的成功率并不高，所以这一次炼制，他请药老出手。

药老这位炼丹宗师出手，收获自然颇丰，三份药材，在那森白火焰跳跃间，无一例外地成功凝聚了丹形，并且顺利成丹。将龙力丹炼制完毕后，药老并未立刻收手，他清楚萧炎对萧厉的安危极为在意，若是萧厉在黑角域中出了什么问题，恐怕这个小家伙会彻底失去理智。因此，药老又花费了不少时间，炼制了一批等级不低的丹药。这些丹药药效奇异，能够在某些时候达到出乎意料的效果。

对药老这般费心费力的炼制，萧炎满心感激，他只能在心中暗自发誓，定要早日凑齐异火，为老师炼制一具能够容纳灵魂的躯体。

第二日，萧炎除了将刘长老所需的一枚龙力丹留下之外，其余炼制好的丹药尽数给了萧厉，同时，还给了他一枚漆黑纳戒。这纳戒之中有药老使用灵魂力量包裹的一簇骨灵冷火，萧厉在危急关头可以使用它。不过只能使用一次，而且还会对自己的灵魂力量造成不小的损伤，所以这算是萧厉最后一张保命符。

从萧炎手中接过所有东西，萧厉望着弟弟担忧的神情，布满阴厉的眼瞳浮现出一抹温情。他重重地拍了拍萧炎的肩膀，笑着说："小炎子，放心吧，论阴毒，你二哥可不会逊色于黑角域的那些杂碎，我们三兄弟，总不能什么都靠你吧?"

萧炎点了点头,轻声道:"二哥,保重,若是有事,尽管来学院找我。另外,若是遇见迦南学院执法队,就报一下吴昊的名字。"

"放心吧,我会随时让人送信给你,让你知道我的行踪。"

萧厉点了点头,对着萧炎及其身后的薰儿、萧玉等人扬了扬手,然后猛然转身,大步流星地走出学院大门,朝着那混乱的地域行去。

"萧炎哥哥,不用太担心,凭萧厉表哥的性子,他一定能够在黑角域中混得风生水起。说不定下次再见面时,他组建的势力远远超过你的磐门呢。"薰儿柔声笑道。

"哈哈,薰儿,多谢了。"站在学院门口,望着背影逐渐模糊的萧厉,萧炎长长地吐出一口气,对着薰儿笑了笑,自然是谢她给予萧厉的那些帮助。

"萧炎哥哥还用与薰儿客气吗?我给你东西,你始终不曾接受,如今只能转给萧厉表哥喽。"薰儿俏皮地笑道。

萧炎微微一笑,边往回走边淡淡地道:"走吧,我们也该回去了,强榜大赛快要举行了,这一次,我必须进入前十!"

"必须!"

第十章
摆擂接战

彻底解决了萧厉的事情后,萧炎终于安心回到内院,备战即将到来的内院强榜之战。临走前,他与萧玉、萧媚、萧宁三人见了一面。如今萧家元气大伤,不知道有多少族人死于云岚宗与魂殿之手,因此对这三个亲人,萧炎比以前温和了许多。一些小时候家族中的恩怨,到了如今,以他的心性,自然不会记挂。不管怎么说,他们毕竟都属于一个家族,有着血缘关系。

离今年的内院选拔赛还有半年时间,这一次,萧玉凭借自身实力,想要入选并不难。至于萧媚与萧宁,就不好说了。上次药老炼制一些有着稀奇古怪效果的丹药时,萧炎得到了不少药方。这些丹药,虽然不能令萧宁、萧媚名列前茅,但只要运气不差,进入前五十名,应该不会很困难。

安排好了这些琐事,萧炎彻底松了口气,与三人告别后,便再度与薰儿等人骑乘着狮鹫兽赶回了内院。

在萧炎等人到达内院时,距离内院强榜大赛只剩下不到二十五天的时间。由于大赛的临近,整个内院的话题几乎都围绕着这场内院最劲爆且只属于强榜

高手的比赛。

　　能够进入强榜前五十的人,个个都是内院顶尖之辈,他们之间的战斗,自然极其吸引人们的眼球。随着学员们近乎疯狂的议论,整个内院也进入了几年之中最为热闹的时期。毕竟,只要能够成功进入前十,便可以成为内院长老候选人,有了这种特殊身份,在这内院便能横行无忌。长老与学员可是两个截然不同的身份,不知有多少人争破了头想要成为长老,可那分外苛刻的条件让绝大多数人黯然而退。

　　当然,内院长老之位这般令人垂涎,自然不仅仅因为如此,最主要的原因,还是那个只有长老方才有资格进入天焚炼气塔底层修炼的规定。

　　天焚炼气塔能够提升修炼速度,内院之人早就领教。在天焚炼气塔底层修炼,能够大大地缩短晋入斗皇的时间。当然,前提是自己必须具备这种天赋……毕竟想要晋入斗皇,即使有着天焚炼气塔帮助,也绝非易事。

　　为了取得强榜大赛的参赛资格,此时的内院之中,引发了一股疯狂的挑战狂潮。平日埋头苦修者,皆在此刻一鸣惊人地爆发,一匹匹令人惊叹的黑马源源不断地涌现,一时间,内院风起云涌,气氛前所未有地火热。

　　在短短几天时间里,强榜除了前二十未曾有太大变动,后三十名,几乎每天都有平日默默无闻之人挤入,引来无数惊叹之声。

　　身为强榜第三十四名的萧炎,显然也不可能置身事外,而且因为他战胜白程有借助丹药之嫌,所以他接到的挑战书,比任何一名强榜强者都要多。

　　面对络绎不绝的挑战,要是照以前萧炎那略有些懒散的性子,定然会找个借口躲起来。或许是家族遭逢变故的缘故,整个人变得冷漠的萧炎,却出人意料地接受了挑战,并且还在磐门的大门口搭起擂台,每天都会从那沓挑战信中挑选出五人,正面迎战!

　　在这种关头,萧炎的举动,自然引得一片哗然。一时间,磐门的大门口被堵得严严实实。这是萧炎在打败白程,取得强榜第三十四名之后第一次公开接受挑战,自然有无数人想来看看!也有一些不怀好意之人,期盼与诅咒着萧炎在擂台上被人彻底打败。不过可惜,那些期待萧炎这匹黑马就此陨落的人并未得逞,萧炎最终的战果,令所有人震撼。

擂台赛总共举行了三天时间。

第一天,五名挑战者:四名二星斗灵,一名三星斗灵,五战,皆败!

第二天,五名挑战者:三名三星斗灵,两名四星斗灵,五战,皆败!

第三天,五名挑战者:一名四星斗灵,三名五星斗灵,一名六星斗灵,战斗从清晨持续至夜晚,五战,皆败!并且,最后一个实力最强的六星斗灵以重伤落幕!

三天十五场挑战,无任何一场败绩,萧炎当着所有人的面,牢牢地坐稳了这个强榜的位次,甚至名次还略有上升,因为最后那名六星斗灵,排名第三十一。当那名六星斗灵的身体重重砸落在场外时,磐门成员惊雷般的欢呼之声,久久盘旋在夜空。

望着场上经过了一日战斗而衣衫略显凌乱的黑袍青年漆黑如墨的冷漠眸子,一些原本发出过挑战信的人,都有些心虚地转移了视线。这三天之中,萧炎与人战斗时的风格比起当日与白程战斗时狠辣了许多。并且,因为这般高强度战斗,萧炎不仅攻击方式以极快的速度变得熟练与凌厉,甚至连气势都变得凝实、雄浑。

到此时,一些脑子转得快的人才恍然大悟,萧炎此举,并非仅仅为了杜绝络绎不绝的挑战,更多的,还是想磨炼自己。看样子他已达到了想要的目的,不仅强榜后三十名中,无人敢再认为萧炎是软柿子,向他发出挑战,而且其实力也精进了不少。

第四日的清晨,天色刚亮,萧炎十五连胜的凶悍战绩便风一般地传遍了整个内院。一时间,萧炎这个名字,再次成为内院关注的焦点。其声望,已经隐隐出现追赶林修崖等巅峰强者的苗头。

然而,就在萧炎再次成为内院焦点之时,他再度诡异地销声匿迹,使得一些想要瞻仰他这位内院第一炼药师兼强榜第三十一的人,失望而归。就在众人为萧炎的去向疑惑不解时,忽然有消息传出来:"听说萧炎好像去天焚炼气塔第六层闭关修炼了……"

走进天焚炼气塔第六层,望着那比上面几层都要宽敞与空旷的塔内空间,萧炎不由得在心中暗叹:"这般环境与待遇,不愧是内院顶尖强者方才有资格进入的地方啊。"

第六层塔内石壁都呈淡红之色,一丝丝热度从中透出,令人有种浑身暖洋洋的感觉。虽然此处空间宽敞,但是见不到几个人。萧炎放眼望去,偌大的地方,只有几道人影伫立,这与上面几层人山人海的景况比起来,无疑天差地别。第六层的进入条件颇为苛刻,一些强榜高手都未曾具备资格。

目光仅仅是粗略一扫,萧炎便不再迟疑,径直朝着第六层深处走去。

此次来天焚炼气塔第六层,萧炎自然是抱着闭关的打算,强榜大赛临近,令他有些紧迫感。或许是因为家族变故所产生的悲愤与暴怒,使得他气息达到一星巅峰,经过三天那种密集到极致的战斗,他终于侥幸地突破到二星斗灵,然而凭这种实力想要进入强榜大赛前十,依然有着不低的难度。毕竟,如今强榜前十的家伙,个个都在斗灵巅峰,甚至林修崖、严皓、柳擎等人已触摸到一点儿斗王的屏障,这等实力,甚至足以和黑角域的一些势力首领匹敌。

距离大赛还有近二十天,萧炎计划在这二十天中尽可能地提升自己的实力,以便多一分进入前十的把握。而能够快速提升实力的地方,自然是天焚炼气塔!

萧炎缓步走向深处,他诧异地发现,虽然这第六层的修炼室外表上比起上面五层要精美得多,但数量骤降了大半。萧炎略一沉吟便有些恍然,每一届有资格进入这里修炼的学员,毕竟是少数,并不需要太多的修炼室。

萧炎进入第六层中心地带,一个不大不小的休息广场上,有十几个人错落地坐着。这些人皆气质不凡，雄浑气息从体内蔓延而出，笼罩着这片休息处。显然，这些人至少能够排进强榜前三十。

在萧炎踏进休息广场后，场中顿时传来一阵窃窃私语，一道道看似平和，却暗藏凌厉的眼芒从各处射来，最后停留在萧炎身上，旋即，响起一些质疑声："二星斗灵？什么时候这种实力的人也能够进入第六层了？难道内院降低标准了？"

萧炎并不意外这些人为何会发出这等疑问。萧炎虽说在内院之中名声不小，可能够站在这里的人，没有一个不是内院声名显赫之辈，或许他们听过萧炎这个名字，却没见过他，毕竟以他们那种修炼狂人的性格，很少关注与他们关系不大的事情。

"萧炎？"当然，并非所有人都不认识萧炎，就在他出现后不久，一道诧异的熟悉声音响起，旋即林焱的身影便出现在萧炎的视线中。

萧炎望着林焱一笑，随意地打了声招呼："没想到你也在这儿。"

"看来你在内院的特权还真不小啊，居然凭借二星斗灵的实力便能够进入这第六层，不知道要羡煞多少人。"林焱笑着道。

萧炎笑了笑，并未说话。

"听说你小子竟然接下了十五场挑战，并且一场没败，真是个好运的家伙。你该庆幸那些真正有实力的家伙这段时间都忙着苦修，不然的话，你大张旗鼓地摆擂台，肯定会有不少难缠的家伙前去拆台。"林焱拍着萧炎的肩膀说道。虽然这段时间林焱一直待在天焚炼气塔中修炼，但是也听到了一些传闻。

"嗯，的确有些侥幸，不过我也只是想杜绝那些源源不断的挑战罢了，毕竟我也得修炼不是？"萧炎轻笑道。

"你的确是挺麻烦的，我在这位置待了一年，都没有接到任何一场挑战。"林焱有些幸灾乐祸地笑道。

萧炎无奈地摇了摇头，抬起头，目光在广场上扫了一圈。此刻不少人望向

他的目光中,少了一分惊诧,想来大家虽然对萧炎的容貌不太熟悉,但是对这个名字并不陌生。

"这里的家伙都是我所说的那些难缠之辈,你还是小心一点儿为好。若是有人找你麻烦,你就找我,我这段时间也在这里修炼。好久没动手,骨头整天发痒,若是能在大赛之前热热身,还真是挺不错的。"林焱环顾四周,声音故意放大了一些,令广场上的每个人都能够听见。

"多谢了。"萧炎轻轻拍了拍林焱的肩膀,感激地笑道。

林焱毫不在意地摆了摆手,刚欲说话,一道略有些阴柔的男子声音忽然响起:"嘿嘿,骨头痒,那便去找柳擎大哥玩玩呗,正好他也在这里修炼。"

林焱脸色微微一沉,转头将目光投向广场某处,冷笑道:"我道是谁,原来是姚'美人'啊。别成天拿柳擎说事,大赛上遇见,我林焱照打不误。你若是有胆,可以自己来玩玩,我随时奉陪。"

萧炎顺着林焱的视线望去,只见三个人正缓缓走来,当先一人一身淡红衣袍,一张男子面孔有几分女性化,眉宇间带着一丝阴柔。此时,这人的脸色因为林焱的话变得阴沉了许多。

"这家伙名叫姚盛,是柳擎的帮派的,平日对柳菲好像有几分念想。据说上次柳菲与你冲突后,便想来找你麻烦,不过被柳擎拦了下来。不要小看这家伙,虽然看起来有些娘娘腔,但是实力不弱。强榜之上,他排名十七,实力比白程还强,如今至少也是七星斗灵吧。"林焱微微偏头,对萧炎笑着道。

萧炎轻轻点头,听此人先前那番话,明显对自己有敌意。不过虽然对方很强,但他不会有半分惧怕,真想打架,动手便是,以他如今的底牌,一个七星斗灵尚不足以让他焦头烂额。

"你现在就嚣张吧,大赛上,柳擎大哥会让你闭上那聒噪的嘴。"素来最恨别人讥讽他"美人"的姚盛,脸色铁青地道。他将阴冷的目光转向林焱身旁的萧炎,冷笑道:"别以为打败了一些不入流的土鸡瓦狗便自认为可以称霸内院,若不是柳擎大哥让我们这段时间不可节外生枝，我们定让你在全院学员面前颜面尽失，哪儿还能这般风光？"

萧炎摊了摊手，笑道："你可以随时向我发起挑战，现在聒噪，可说明不了你这强榜十七的含金量。"

"哈哈，说得好，怕他个鸟啊。"林焱大笑道。

姚盛的眼神逐渐阴冷，被一名才进入强榜不到几天的新人当众挑衅，他的脸色变得越发难看，他缓缓踏步，一股强横气息暴涌而出，横扫全场。

"也好，早就答应菲儿要好好教训一下你这个浑蛋，今天遇见，算你自己倒霉吧。"姚盛阴恻恻的声音，在塔内回荡，森森杀意，让周围火热的气息都削减了一分。

萧炎嘴角浮起一抹冷笑，重重踏前一步："奉陪！"

第十一章
初步交锋

宽敞的广场上，因为两人陡然爆发的凶悍气息而变得安静了一些，周围十几个看热闹的人皆退后了几步。在这塔中修炼，虽然能够提升修炼速度，但极为枯燥无聊，如今有人打起来，他们自然极为乐意围观。

林焱瞧得萧炎直接对上姚盛，刚欲阻拦，却犹豫了一下。虽然萧炎方才是二星斗灵，但是他清楚，这个家伙的真实战斗力远远超过这个级别，即使是姚盛，想要战胜萧炎，也并不是一件容易的事情。

"让他感受一下强榜前二十强者的战力也好。"林焱心中这般想着，退后了一步，冲着萧炎大笑道："把那娘娘腔打翻，看他还敢不敢冲你聒噪。"

萧炎一笑，再度踏前一步，双手晃动，硕大的玄重尺便带着撕裂空气的尖锐声响，出现在其手中。重尺一挥，遥指姚盛，萧炎体内的战意如海浪般澎湃，他的气势不断攀升。

一些围观的人脸上露出一抹淡淡的惊异，心中暗道："这个家伙果然和传闻中一样，有着与表象极其不符的强横战力。"

姚盛阴冷地望着气息不断攀升的萧炎，双手微旋，极其浓郁的深蓝斗气从体内渗出，一丝丝水汽在其周身凝聚。片刻时间，一团略有些黑色的水罩便将姚盛整个人包裹在其中，水罩表面波纹不断流转。

"小心点，这是那家伙的拿手好戏幽鲸水壁，专门用来对付力量强横的对手。看来这家伙对你很了解啊，一出手就使出克制你的招式。"瞧得姚盛的黑色水罩，林焱眉头一挑，大声道。

闻言，萧炎略感惊诧，旋即点了点头。这个强榜十七的家伙，果然有着不弱的本事。不过，对方是水属性斗气，对于这种斗气的对手，萧炎从来没有丝毫畏惧。带着一丝丝极淡的青色火苗的斗气，将重尺包裹。有青莲地心火之助，寻常水属性斗气，在他面前也就能发挥七八成的威力。

"就算知道，又有什么用？"被林焱一语道破，姚盛也不急，只是阴冷地笑道。

"那可不一定。"萧炎一笑，脚掌猛然落下地面，细微的雷鸣声在场中响起，萧炎的身形在周围一道道惊愕的目光中，化为一道模糊黑影，鬼魅般地对着姚盛暴射而去。

姚盛眯着眼睛望着那道黑影，眼神更加冰冷，体内雄浑斗气急速流淌。

咻！身形骤然出现在半空，萧炎望着下方的姚盛，脸上涌现一抹凶煞之意，手中玄重尺的力度再度暴增。随着萧炎悍然挥动玄重尺，尖锐的音爆声响彻整个第六层空间。

感受到萧炎这一记力劈的强度，心中一直带着些许不屑的姚盛，眼中也浮起一抹凝重。他双手急速舞动，一丝丝偏黑的湿润斗气急速涌出，在其头顶上凝聚成无数层的斗气水网。

砰！玄重尺轰然落在那一层层密密麻麻的斗气水网之上，一道肉眼可见的斗气波动，犹如波浪一般。

萧炎眉头一皱，他能够感觉到那一道道水网之上，蕴含着一种诡异的粘力，

即使如此,玄重尺依然摧枯拉朽一般,短短几秒便摧毁了近百层斗气水网。不过那姚盛凝聚水网的速度也不慢,姚盛双手急速舞动,甚至出现了残影。

十来秒后,当玄重尺离姚盛的脑袋仅仅只有半尺时,那密密麻麻的斗气水网之上附加的粘力,终于彻底地将玄重尺凝固在半空。玄重尺虽然被凝固住,但劲风将姚盛吹得披头散发。

姚盛的脸色变得极其难看,他没想到一接触便吃了个小亏,虽然没有任何损伤,但是形象上很是狼狈,这令极看重面子的他如何忍受得了?

姚盛发出怒吼声,右手蜷曲成爪,丝丝黑色斗气急速覆盖其上,最后凝成一副极其锋利的黑色手爪。姚盛挥动手爪,对着半空中的萧炎攻去。

萧炎双手紧握玄重尺,体内劲力迸发,将玄重尺从黏稠的水网中拔出,身形在半空中翻滚一圈,脚掌被青色斗气包裹,狠狠地与姚盛的手爪撞在一起。

砰!萧炎与姚盛都急速后退。片刻后,萧炎从半空落下,姚盛狠狠一跺地面,将身形稳了下来。他瞥了萧炎的脚掌一眼,瞧得萧炎破了一个大洞的鞋子后,冷笑了一声。

电光石火的战斗,凶险万分,任何一方有丝毫的不慎,便会落个重伤的下场。这般精彩战斗,即使是强横的围观者,也不由得暗暗点头。这个萧炎果然名不虚传,与强榜排名十七的姚盛如此恶战,竟然未曾落下风。

"这家伙的水属性斗气竟然带有腐蚀效果,真是奇怪。若不是有异火暗中化解,恐怕要吃不小的亏。"萧炎轻轻甩了甩腿,心中道。

"嘿,萧炎,不错啊。"林焱冲着萧炎竖起大拇指,先前的战斗,即使是他,也挑不出多少毛病。虽说姚盛仅仅是七星斗灵,可由于其斗气有几分古怪,寻常八星斗灵也难以战胜他,而萧炎这般表现,有些出乎他的意料。

"这还只是热身,有什么好得意的?"姚盛阴沉着脸。

萧炎淡淡地瞥了他一眼,也不废话,一挥玄重尺,斗气再度凝聚。

"停!都给我住手!"

就在萧炎、姚盛即将再度开打时，一声大喝猛地响起。旋即，一道人影诡异地出现在场中，一股凌厉霸道气息排山倒海般从其体内涌出，一丝丝裂缝从其脚下急速蔓延至广场尽头。

场上大多数人眼中浮现一抹敬畏与凝重，显然，来者在这些内院顶尖强者心中，也颇具分量。萧炎缓缓收回手中玄重尺，微眯着望着出现在场中的柳擎，脸上不咸不淡，并未有什么敬畏的表情。

"柳擎大哥……"瞧得柳擎出场，姚盛顿时大喜。

柳擎手一挥，止住了姚盛接下来要说的话，瞥了眼萧炎与林焱，淡淡地道："我说了，现在以修炼为重，有任何恩怨，大赛中解决便是！"说到最后，柳擎深深地盯了萧炎一眼，显然，对于萧炎，他记忆颇深。

姚盛点了点头，目光阴冷地望向萧炎，道："这次算你好运，希望我们别在大赛上遇见，下次你就没有今天的好运了。"

萧炎翻了翻白眼，懒得理会姚盛，只是将目光投向柳擎。这个家伙才是最厉害的对手，即使以萧炎如今的实力，也没什么把握赢他。

"萧炎，你真的令我很感兴趣。虽然我的对手是林修崖，但还是希望你也能有本事挤进来。你可得记着，大赛中，生死各听天命，虽说内院有限制下死手的规矩，可毕竟拳脚无眼。"柳擎平淡地说道，话语中带着一抹警告之意。

萧炎微微皱眉，他自然是听出了柳擎话中之意，刚欲开口，一道稚嫩的嗓音却突兀地响起："有我罩着萧炎，谁敢动他？"

听到这个声音，除了萧炎之外，所有人的脸色都骤然大变。一个身着白色衣裙的小女孩斜靠着墙壁，双臂抱胸，斜眼瞧着广场上的众人。看似人畜无害，那对眸子里隐隐透出的凶意，却令与她对视之人后背直冒冷汗。

"哈哈，原来是紫妍学姐。"柳擎的脸色在白衣小女孩出现时略微变了变，不过比起其他人，他倒是平静许多，他对紫妍笑着道。

紫妍瞟了他一眼，迈着小碎步缓缓走进场中，周围那些围观的人连忙后退，

生怕惨遭池鱼之殃。林焱站在萧炎身旁，瞧得紫妍竟然向着他们走来，有些浑身不自在。对这个可怕的蛮力王，他真的有些恐惧。

"喂，谁欺负你了？不是跟你说过有麻烦就找我吗？"停在萧炎身旁，紫妍冲着萧炎撇了撇嘴，道，"告诉我，我帮你出气。"说着，那对乌黑灵动的大眼睛四处扫视，但凡被她盯上的人，都吓得头皮发麻，连忙摇头。

柳擎身边，姚盛的脸微微抽搐着，悄悄地后退了一步，将半个身体都藏在柳擎身后。在这个内院人人皆怕的小怪物面前，没人敢大声说话。他实在没想到，萧炎竟然会和这个小怪物这么亲密。

"一些小冲突而已，我自己会解决。"萧炎笑着摇了摇头。虽然明知道紫妍是一头极为强横的魔兽，但是他无论如何也生不出借她的名头耀武扬威的念头。况且先前他与姚盛交手，双方都吃了一点儿小亏，不能算是被欺负。

听得萧炎这话，柳擎放松了一点儿，若是萧炎向紫妍告状，以紫妍的性子，真会立刻将姚盛拎出来揍一顿。到时候为了保下姚盛，他也不得不出手。对这个小怪物，他十分忌惮，与其产生冲突，是柳擎最不愿做的事情。

闻言，紫妍皱了皱眉头，转过身来，大眼睛盯着萧炎，用只有他俩能听见的声音道："哼，别以为不让我帮忙，以后就可以不给我炼制药丸了。"

萧炎哭笑不得地摇了摇头，这小家伙竟然以为萧炎不让她帮忙是想逃避给她炼制药丸的责任，果然是个可爱的小丫头。

"放心吧，答应你了就不会反悔，吃光了，只要带着药材来找我便是。"萧炎笑着揉了揉紫妍的脑袋，忽然感到周围的目光有些怪异。他抬起头，见周围众人正极其惊愕地望着自己那揉着紫妍脑袋的手掌。

紫妍的凶名在这些强榜高手脑海中可是尤为深刻，当年不乏一些艺高胆大的人向她挑战，不过每个人都像皮球一般，被那纤细小手狠狠地扇飞，最后以断骨伤筋落幕。瞧得萧炎竟然敢如此对待紫妍，一些人有些小小的幸灾乐祸。

不过，紫妍只是不爽地摇了摇脑袋，轻轻拍了一下萧炎的手臂，周围众人的脸不由得一阵抽搐——这个蛮力王什么时候变得这么好说话了？

被这么多人注视着，萧炎揉动的手掌有些尴尬地停了下来，旋即讪讪地收回。柳擎干咳了一声，紫妍已经出面，他自然不会再说什么狠话。从萧炎与紫妍的举动来看，似乎两者关系还不错，他丝毫不怀疑若是自己再说一遍先前的话，那个蛮力王会直接冲过来给自己一拳头。

"好了，今天的事情便到此结束吧，有任何恩怨，大赛上解决，那里是最公平的地方。"柳擎拍了拍手，淡淡地道。说完，他再度看了萧炎一眼，然后手一挥，便带着姚盛等人转身离开了广场。

瞧得柳擎息事宁人，周围的围观者都耸了耸肩，纷纷散去。

"嘿，有这个怪物帮你，哪儿还用得着怕柳擎？"望着离开的柳擎等人，林焱用手指轻轻捅了捅萧炎的后背，低声道。

萧炎笑着摇了摇头，伸了个懒腰，道："这里的修炼室应该都能使用吧？有没有什么限制？"

"当然有。"林焱翻了翻白眼，道，"这第六层的修炼室没有高中低之分，都是给强榜高手准备的，你在这儿占用的修炼室，取决于你在强榜上的名次。"

林焱转身，指向场外不远处的一个角落，那里有一间单独的修炼室。"你的强榜排名在三十一，所以你的修炼室在那里。"这间修炼室虽然比前几层的修炼室要精美许多，但与广场另外一边的那些修炼室相比，却显得简陋一些。

"修炼室门口有号码，这号码便代表强榜排名，越靠前的修炼室，自然修炼效果越好，我现在就是在第九号修炼室。嘿嘿，在那里修炼，至少比在你那三十一号修炼室速度快上一倍。"林焱的笑容中略有些得意。

萧炎点了点头，也不理会正得意的林焱，转身就朝自己的修炼室行去。

"喂，你是要在这里修炼啊？"萧炎刚刚转身，紫妍的声音便响了起来。

"嗯。"

"那你去我的修炼室吧，那可是一号哟，修炼速度比那九号还快了两三倍。"

紫妍稚嫩的嗓音，令林焱脸上的得意笑容瞬间凝固，他旋即满脸艳羡地望着萧炎。

一号修炼室可是这个小怪物的专用修炼室，这些强榜前二十的家伙们，不知道垂涎了多久，却始终无人敢发起挑战。没想到今天紫妍居然会将自己的修炼室借给萧炎，这种待遇，就算是柳擎、林修崖等人也未曾享受过啊。

"可以把修炼室借给别人？"萧炎一脸惊诧地道。

林焱摊了摊手，无奈地道："只要修炼室的主人愿意，内院也不会干涉。"

闻言，萧炎略微沉吟了一下，笑着点了点头，冲着紫妍道："好吧，那便借你的光，感受一下一号修炼室的修炼速度吧。"如今距离大赛仅有不到二十天，快速提升实力，对于现在的萧炎来说是最紧要的事情，若是他拒绝，反倒显得有些做作了。

听得萧炎答应，紫妍小脸上扬起一抹笑容，小声地道："不过在你修炼期间，我可是会来找你给我炼制药丸的哟。"

"嗯。"萧炎微微一笑，这是小事，他自然不会拒绝。

"跟我来。"见萧炎答应得这么干脆，紫妍更加开心，连忙在前面带路。萧炎转头对着一脸羡慕的林焱耸了耸肩，随后跟了上去。

穿过广场，另外一侧的宽敞修炼室出现在萧炎的眼前，走近前，甚至能够隐隐感受到从这些修炼室之中流溢出来的精纯能量。

在修炼室门口，萧炎果然见到林焱所说的号码。从二十号开始，越往内，从修炼室渗出的温热能量便越发雄浑，当走到十号以内的修炼室门口，甚至能够用肉眼看见一丝丝淡红的能量犹如细丝一般飘在半空中。这般奇异景象，令萧炎惊叹不已。

萧炎的脚步，在最里边一间宽敞的修炼室门外停了下来。这间修炼室颇有些怪异，别的修炼室都会有着雄浑能量溢出，这里却空空如也，站在门外，萧炎感受不到其中有丝毫能量的存在。

"别感应啦，这一号修炼室是特制的，里面能量太过雄浑，寻常材料经受不住，所以只能采用这些能够隔绝能量的特殊材料。"紫妍对着萧炎挥了挥手，指着走廊尽头一扇漆黑的铁门道，"不要去那里，那里是禁止进入的，若是被长老发现，就算是我也要被关禁闭，你得小心点。"

萧炎顺着紫妍所指方向望去，漆黑的铁门后面是一片黑暗。萧炎不禁皱了皱眉头，刚欲转头，手掌却猛地一颤，他分明感受到体内青莲地心火细微地颤抖了一下。

能够让青莲地心火产生这般动静的，在这天焚炼气塔内，唯有一样东西——陨落心炎！

萧炎缓缓地吸了一口温热的空气，深深地瞥了一眼漆黑的铁门，强行转过头，推开了一号修炼室的大门。

第十二章
塔中暴动

房门被推开,淡红的强光猛然涌出,萧炎条件反射地闭上了眼睛,半晌才缓缓睁开。望着房间内的景象,惊叹之色在他脸上越发浓郁。

宽敞的修炼室之内,被一层厚实的淡红色雾气笼罩。用力张望,也只能看见面前两三米的地方。萧炎踏进修炼室之中,虚抓了一把飘荡的淡红色雾气,手掌中便传来一阵温热的感觉,一缕缕淡红色雾气顺着张开的毛孔钻进萧炎体内,化为一丝丝精纯的能量,自行流淌在经脉之中。

"好雄浑的能量!"眼中掠过一抹震惊,萧炎轻声道。这里能量的雄浑程度,比起第五层的高级修炼室,强了十倍不止!

"哼,当然,不然那些家伙也不会这么眼红了。"紫妍骄傲地挺了挺胸脯,道。

萧炎欣喜地点了点头,穿过淡红色雾气,片刻后,在修炼室中心看见了一方与其他修炼室相同的淡黑色石台,石台上面也有一个小小的凹槽,看来在这里修炼,同样是需要火能的。

"这里是修炼的地方,你有火晶卡吧?对了,忘记告诉你,这一号修炼室虽然比其他修炼室好,但是花销也不少。在这里修炼一天,要扣三十天火能哟。"紫妍甩了甩淡紫色的马尾辫,对着萧炎露出两颗小虎牙,笑着道。

"三十天火能!"这般巨额修炼费用,即使是如今财大气粗的萧炎,也不由得倒吸一口凉气。这样算来,在这里修炼一个月,需要将近一千火能。普通学员就算是修炼一年,也用不了这么多火能啊。

"别告诉我你没火能,那我也没办法。"瞧得萧炎那副模样,紫妍连忙道。她不知道赚取火能的办法,也只能每月等内院发放火能来维持修炼。虽说这强榜第一每月能领取不少火能,但也只够她自己修炼而已。

"这倒不用你来操心。"萧炎无奈地摇了摇头,走上石台,缓缓盘腿坐下,冲着紫妍道,"我接下来便要开始修炼了。修炼期间,你可不要来打扰我。若是找我炼制药丸,那就在一旁等着我醒来,千万不能强行让我退出修炼状态,不然的话……你以后就只能继续吃那些药材了。"

萧炎的威胁,对紫妍具有极好的效果,紫妍马上就将脑袋点得跟小鸡啄米一般,就差举手发誓了。

瞧得紫妍这般模样,萧炎方才放心地笑了笑,从纳戒中取出火晶卡,轻轻插进凹槽之中,旋即双手缓缓结出修炼印结,闭上眼睛。

见萧炎进入修炼状态,紫妍嘟了嘟嘴,冲着萧炎扮了个鬼脸,走出修炼室,反手将房门关上。

在上面几层修炼时,产生的心火是一丝一缕的,在这一号修炼室,心火则是成团成团地出现,并且其热度也高了几倍。在这种猛烈的心火煅烧下,斗气的淬炼速度,让萧炎暗暗咋舌。

体内,一大团心火在心脏附近袅袅升腾,一股股雄浑斗气源源不断地顺着经脉流转,然后灌进斗晶。当这些斗气再次出现时,已经由拇指粗细变成一条细线,晶莹剔透,宛如翡翠。

心火炽热的温度，让萧炎体内的经脉阵阵刺痛，幸好萧炎的身体经过了地心淬体乳的强化。刺痛的感觉虽令萧炎颇为不适，但他没有半分迟疑，依然催动着斗气不断从只剩七根长长尖刺的海胆斗晶中涌出。

如今的海胆斗晶，已经从刚开始的九根尖刺减少到七根。这段时间萧炎明白了一些其中的奥妙，似乎他在斗灵每晋级一次，那海胆斗晶之上便会有一根能量长刺缩进斗晶内。按照这般推算，等海胆斗晶之上剩余的七根能量尖刺全部缩进斗晶时，自己便能够成为斗王！

修炼之中无时日，萧炎自从进入一号修炼室，便足足五天未曾出门。紫妍倒是来过一次，瞧得萧炎的修炼状态，踌躇了许久，终于没敢将他强行惊醒。她还真怕萧炎一怒之下不再给她炼制药丸，她又会回到以前生吃药材的悲惨生活之中。

五天时间，萧炎不仅气势变得越发凝实，而且其体内斗气也精纯了许多。那海胆斗晶之上的第七根能量刺，已经缩短了近一半。这若是放在平日，就算修炼整整一个月，都没有这等效果。

第七日，萧炎终于从修炼状态中退了出来，一睁眼便看见已在此等了半天的紫妍。瞧得小女孩满脸不开心的模样，他有些尴尬地笑了笑，赶忙接过她手中的药材，着手帮她炼制了一批药丸，这才令紫妍脸色稍稍好看了一些。

在将紫妍的药丸炼制完毕后，萧炎简单吃了一点儿东西，起身活动了一下筋骨，却并未有出门的打算。休息了一个多小时，他便在紫妍犹如看待疯子的目光中，再度回到石台，盘腿修炼。

"这个疯子，哪有这么修炼的？"嘟囔了一声，紫妍无奈地摇了摇头，只得再次退出修炼室。

这次萧炎进入天焚炼气塔，便打算一直闭关到强榜大赛开始为止。时间的紧迫，令他不敢有丝毫懈怠。若一切正常，他倒是能够如愿地修炼到那个时间。

不过，就在第十五天时，平静的天焚炼气塔内，出现了一些变故。

萧炎盘腿而坐，一丝丝淡红色的雾气随着他的呼吸，源源不断地灌进其体内，最后化为浓郁能量，流转在经脉之中。轰！整个修炼室轻微地颤了一颤，紧接着，修炼室内原本平和的能量，陡然间犹如开水，剧烈地沸腾起来。

这般动静，萧炎自然不可能继续保持修炼状态，他睁开紧闭的眼睛，满脸惊疑，失声道："为什么塔内能量变得狂暴了许多？"

"塔内所有学员，十分钟内，立刻离开天焚炼气塔！"一道苍老的喝声，猛地在整座塔内响起，回荡在每一个人耳边，经久不散。

"塔中出事了！"一道念头飞快地在萧炎脑海中闪过。

萧炎猛地从石台上坐起，飞快地将火晶卡从凹槽上取出，惊愕地道："出了什么事？"

"塔内能量变得暴躁了许多，想必是陨落心炎暴动的缘故。"药老带着些许惊喜的声音在萧炎心中响起。

"陨落心炎？"闻言，萧炎顿时愣住，"不是说至少还有几个月吗？难道暴动时间提前了？"

"看这情况，还未彻底爆发，应该只是陨落心炎的稍大的动静吧。"药老笑了笑，道，"看来我所料不差，多则半年，少则两三个月，这天焚炼气塔中的陨落心炎，就将彻底暴动。到时候，我们夺取陨落心炎的机会就来了。"

点了点头，萧炎心中也变得滚烫了许多。不过此时不是思考这个问题的时候，现在塔中已经不再适合修炼，还是尽快离开吧。

从石台上跃下，萧炎迅速冲出一号修炼室。一出房门，一股暴躁的炽热能量迎面扑来，让萧炎的脸火辣辣地疼。

此时的走廊，略有些混乱，修炼室的门不断地被打开，一个个满脸茫然的学员从中蹿出，他们互相对视，皆紧皱着眉头。这种情况，还是他们第一次遇见。

"嘿，萧炎，你没事吧？"在萧炎出来后不久，不远处的九号修炼室的门也

被打开,林焱犹如猴子般灵活地蹿出,四处一望,瞧得萧炎后,连忙喊道。

"没事。"萧炎冲着林焱笑了笑。

"不知道发生了什么事,天焚炼气塔可从来没有出现过这种状况。"林焱摇了摇头,有些疑惑地道。

萧炎摇摇头,忽然转过头来,将目光投向走廊尽头那扇漆黑的大铁门。他感受到自己体内青莲地心火在急速跳动,一缕缕青火突然涌上萧炎的眼睛,一对漆黑眸子瞬间便变为青色。萧炎感到眼睛里有一股温热的感觉,旋即,他便惊异地发现,那铁门之后的黑暗竟然逐渐消散,黑暗深处的景象,出现在萧炎的视野中。

那是一片扭曲的空间,无形的火焰犹如精灵,疯狂地蠕动着。猛然间,有极为奇异的吼声响起,紧接着,无形火焰犹如火山喷发,直冲塔尖!

"小空间结镜,封!"十几道低沉的苍老声音在黑暗之中响起。紧接着,一股磅礴浩瀚的雄浑能量涌出,在那片扭曲空间之上形成一片五彩斑斓的光幕。无形火焰重重碰撞在光幕之上,两者都剧烈一颤,一圈圈足以震死一名大斗师的强横能量涟漪急速扩散而出,砸在四周漆黑的墙壁上,随即缓缓消散。

光幕在无形火焰的冲撞下,表面动荡不停,看似即将崩碎,却始终未曾化为虚无。一时间,光幕竟然与那极为恐怖的无形火焰僵持不下。

"你们这些不知天高地厚的小子,大长老已经说了让你们立刻离开塔中,怎么还在拖延?"就在萧炎目不转睛时,一道低喝声突然响起,令萧炎眼前一阵恍惚,眼中青色火焰瞬间消退,而那铁门之后也再度回归黑暗。

"那无形火焰,应该便是陨落心炎本体吧?威力果然恐怖。若是没有受到阻拦,这天焚炼气塔都得被它给震塌了。那光幕是塔中长老联合结成的吧?竟然能够强行封印陨落心炎这等天地奇物。不过可惜,不能一直看下去,不然日后与陨落心炎接触,心里有底。"心中惋惜地叹了一口气,萧炎偏头,见到一名满脸焦急的长老站在走廊出口,对着他们这些还停留在此的学员厉声大喝。

林焱耸了耸肩,不敢耍贫嘴,拉着萧炎,连忙向外面走去。塔中能量越来越狂暴,待在这里,他总觉得有些不安。有些不舍地看了铁门一眼,萧炎也只得跟着林焱快速离开了天焚炼气塔。

跟随着人流,萧炎等人挤出了天焚炼气塔。此时,塔门口人山人海,一片黑压压的人头,发出嘈杂的喧闹声。门口的这些人,明显也是从塔中跑出来的,他们都带着惊慌与忐忑,谈论着刚才塔中的变化。第一次在塔中经历这般变故,他们心中有些后怕。

萧炎并未加入这些毫无意义的讨论,只是静静地望着那破土而出的一大截塔尖。或许是因为塔身的封印,一出塔门,便几乎察觉不到那些狂暴的能量了。

"不知内院的长老们能否压制住陨落心炎这次的暴动。若是能压制,我还有一些准备时间,若是不能……恐怕现在就得动手。只是这般仓促,怕是成功率不高。"萧炎紧皱着眉头。一旦陨落心炎冲破天焚炼气塔,他只能趁机出手。这陨落心炎已经具备灵智,一旦脱离了束缚,定然会自行潜伏,到时候他上哪儿再去寻找?

"放心吧,陨落心炎这次的暴动并不算很剧烈,况且内院的这些长老也并非省油的灯。"药老笑着安慰萧炎。

听到药老开口,萧炎这才稍稍松了一口气。

"走吧,萧炎,待在这里也没用,长老们会解决的。"一旁,林焱忽然道。

萧炎略微沉吟了一下,摇了摇头。这样的关键时刻他怎么可能离开?他随意找一个借口,告诉林焱他要留在此地。

见萧炎不愿走,林焱无奈地一笑,道:"你想待在这里那就待着吧,我得先回去了。嘿嘿,记住,四天之后强榜大赛就开始了。如果在比赛上遇见,你可别奢望我会留手。"

萧炎冲着林焱笑了笑,望着他消失在人群中,方才再度转过头,将注意力放在天焚炼气塔中。

随着时间的流逝,逗留在塔外的人逐渐减少。不久,原本人山人海的门口已是空空荡荡,只有萧炎一人还站在塔外的一棵树的树尖上,闭目感应着塔中令人心惊的交锋。当夕阳斜挂时,他终于感应到塔中狂暴的能量开始减弱。

"看来长老们取得了上风。"萧炎长长地松了一口气。如此一来,他便能够有充足的时间让自己做好准备。

轻笑了一声,萧炎放下心中悬着的大石,转身欲回磐门。然而他刚刚在树尖上转过身,身体便骤然僵硬,他惊愕地望着悬浮在自己面前的一位黑袍老者。

老者白须白发,目光清冷如刀锋,仅仅在萧炎身上一扫,便令其寒毛直竖。最令萧炎惊骇的,此人居然正是上次药老在深山炼制灵丹时惊动的那位老人!

萧炎竭力压制住内心情绪的波动,在这等强者面前,情绪稍有波动便会被察觉。他讷讷地拱手道:"这位长老,不知为何拦住学生?"

黑袍老者瞥了萧炎一眼,目光中有些莫名的意味。半晌,老者淡淡地开口道:"刚才塔内的动静,你应该看到和感应到了吧?"

听得黑袍老者的问话,萧炎心中一惊,眼珠转了转,脑子里急忙想着对策:"如果回答看到了,这老家伙会不会为了保全秘密干出杀人灭口的勾当?"毕竟陨落心炎对内院实在太重要了,也难怪萧炎会有这种想法。

气氛紧张而压抑,萧炎手心中满是汗水,面前的黑袍老者给予他的压迫感,丝毫不比云岚宗的云山弱。以他如今的实力,人家随便挥挥手就能将自己制服。思前想后,萧炎终于打定主意,打死也不能承认自己看见了塔中的交锋。

然而,黑袍老者忽然再度淡淡开口:"你便是萧炎吧?据说异火与异火之间有着极其模糊的牵引,我想,你能够感应到塔中的异状,应该是你体内异火的缘故吧?"

萧炎拥有异火的事情,院中不少长老都知道,但是让他诧异的是,这位老者无疑是早已知道萧炎感应到塔内动静。望着老者平静的脸,萧炎暗中松了一口气,还好否认的话没有说出来,否则肯定会被认为是做贼心虚。

"的确感应到一些，不过这天焚炼气塔似乎有一层特殊的封印，到了塔外后，便几乎感应不到了。"萧炎小心翼翼地道。

"你不用紧张，我并未有问罪的意思。"黑袍老者眼中浮现一抹淡淡的笑意，挥了挥手，道，"只不过想要提醒你一下，塔中的事情，不要与外人提起。"

"塔中之事，定不会传到第二人耳中。"萧炎连忙保证道。

"对于你，我倒是颇为熟悉，只是一直未有机会见面。如此年纪，便能够掌控异火，当真是令人羡慕。"黑袍老者笑道，话语中的那丝艳羡倒是不假。一个陨落心炎便令内院拥有了天焚炼气塔这种人才培养器，而面前的青年，却独自拥有一种异火，这怎能不让人感叹？

萧炎干笑了一声，拱手恭声道："不知长老名讳？"这内院之中的长老，大多是斗王，而面前的老人，实力却远超斗王。萧炎猜测，此人若不是内院那位始终不曾露面的院长，便是那神秘的大长老了。

"我名苏千，是长老之首，一般他们都称呼我为大长老。"黑袍老者轻描淡写地道。

"果然。"萧炎心中暗自嘀咕了一声，虽然早有预料，但是依然忍不住微微动容。

"萧炎小友，实话与你说吧，这里的确有着不小的麻烦，如今我们还能镇压一时，可终非长久之计。老夫希望小友能在日后助内院一臂之力。"苏千突然正色对萧炎沉声道。

"以诸位长老的实力也只能镇压一时，小子这小小的斗灵，又能有何作用？"萧炎满脸错愕，讷讷地道。

"哈哈，拥有异火的你，可不是寻常斗灵。"苏千笑了笑，"你也不用害怕，我只是想为日后出现最坏情况时多找条路子。到时若你也无能为力，我自然不会强求。"

话都说到这个份上，萧炎也唯有苦笑着点了点头，道："好吧，到时候萧炎

定会尽力而为。"

"哈哈，有你这句话我就放心了。"苏千一笑，添了一句，"若是你真能帮忙镇压，我内院也不会亏待你，不管是功法、斗技，还是药方，都能让你顺心满意。"

"我想要陨落心炎，你能给我吗？"心中嘀咕了一声，萧炎面上却佯作惊喜，急忙点头。

"如今塔中刚刚平静，还有许多事需要善后，便不与你多聊了。"苏千笑了笑，道，"另外，距离强榜大赛还有四天时间，你可要努力点，若是能够进入前十，对你好处可不少。"

"前十的尽是斗灵巅峰，以我如今的实力，哪能挤进去？"萧炎讪笑道。

"狡猾的小家伙，别在我面前打马虎眼，你实力如何，我再清楚不过。真要拼杀起来，除了柳擎、林修崖、严皓等屈指可数的几人外，那强榜中人，都难以与你抗衡。"苏千摇了摇头，朗声笑道，"而且这才晋入斗灵还没两个月，你便直接蹿到三星斗灵。这速度，连我也目瞪口呆啊。"

"小家伙，低调固然是好事，可也不要在明白人面前装糊涂。老夫我在内院这么多年，什么天才、怪才没见过？"望着萧炎尴尬的模样，苏千笑了笑，挥手道，"好了，我还有事，就不耽误你的时间了。一定要进入强榜前十哟，还有……我们之间的约定。"

苏千苍老的脸上露出一抹笑容，他那悬浮在半空的身体竟诡异地逐渐变淡，片刻后便消失在半空中。

苏千消失后，萧炎方才如释重负地吐出一口气，松开紧握的拳头。这老头儿只是露面随便和自己谈了一会儿，便令他这般如临大敌，这两者间的差距，可当真是云泥之别。

"没想到这人实力竟然这般强横，恐怕连云山都比不上，不愧是内院大长老啊。"轻叹了一声，萧炎心中嘀咕道，"大长老便已是这等强悍，真不知道那神龙见首不见尾的内院院长,实力又是何等恐怖。这迦南学院,果然是藏龙卧虎啊。"

萧炎从树尖上跃下,在夜色中朝着磐门飞奔而去。

强榜大赛,是内院最激烈、最吸引人眼球,也是整个迦南学院最高级别的比赛,只有内院之中最杰出、最有实力的学员才能参加。历代强榜大赛前十者,无一不在大陆上闯出了赫赫威名,最不济者也以斗王之阶称霸一方。

平日难得一见的强者,如今齐聚一堂,在台上展开畅快淋漓的火爆战斗,这等场面,对学员的吸引力如何巨大,可想而知。距离强榜大赛开赛的时间越近,内院的气氛也越发高涨,每一个话题,都围绕着这场大赛。强榜后三十名的名次不断地更换着主人。那些平日隐忍不发的家伙,皆在此刻彻底地爆发,疯狂地冲击着在内院学员心中极具含金量的强榜!

经过上一次的擂台应战,已经没有人敢向萧炎挑战。因此,在最后的几天时间中,他竟然能够享受清闲,这令习惯了紧张生活的他有些不太自在。

强榜大赛,在内院无数人翘首以待中,终于准时到来。

清晨,一缕晨晖洒落而下,一道古老的钟吟,悄然地在内院深处响起,旋即扩散至整个内院之中。

钟声响起的一刹那,一名名拥有着强悍气势的学员,骤然睁开紧闭的双目,精芒中的炽热战意,在那古老钟声中急速高涨!

一个房间中,盘腿坐于床榻之上的黑袍青年也睁开眼睛,手掌一晃,旋即一道庞大黑影被其斜插在后背之上。宽大的尺身划过空气,发出呜呜的破风声。

黑袍青年轻轻拍了拍背后的玄重尺,扭过头,目光投向窗外,感受着在这一刻从内院各处升腾而起的强横气势,嘴角缓缓浮现一抹微笑,滚烫的战意在胸膛中澎湃。

"前十名额,我萧炎预定一个!"

第十三章
针锋相对

中央广场,内院最为宽阔的一个场地。平日这个广场并不对外开放,唯有内院举办比赛时方才启用。作为内院最劲爆的强榜大赛,举办地点自然非它莫属。

虽然这中央广场占地极广,但在今日依然被一片黑压压的人头占满。当萧炎一大群人来到此处时,望着那被挤得水泄不通的广场,皆有些错愕。不过好在参赛选手有特殊的通道,沾了萧炎的光,薰儿等人也免去了拥挤之苦,直接从特殊通道,进入了一个视野颇为不错的高台。

站在高台上,目光朝下方扫去,只见那宽敞的场地,被极为整齐地分割成五块,每块场地都有一个台子。

"哈哈,萧炎哥哥,这场大赛可比当初那场内院选拔赛的水平高多了。"一旁的薰儿,手臂撑着栏杆,偏过头,冲着萧炎笑盈盈地道。

萧炎点了点头,惬意地伸了一个懒腰:"这内院本来就是天才云集之地,能够在这个地方进入前五十名,自然没有庸才。这次大赛,我也得全力以赴。"

"萧炎哥哥一定行的。"浅浅一笑,那张清雅美丽的小脸上,却有着比萧炎还要坚定的信心。

"行不行倒不敢肯定,不过狮子搏兔,尚使全力,如今面对一群与自己实力相差不多的对手,我自然会竭尽全力。"萧炎笑了笑,瞅着薰儿道,"你若是想进入强榜,应该并不困难,假如施展全部手段,我想你应该能与柳擎等人相抗衡。"

薰儿微笑不语。这个妮子的神秘程度和隐藏的底牌,连萧炎也比不上。

"她有实力却不上,真是浪费机会。"身后的吴昊撇了撇嘴,很是痛心。放弃这等与强者战斗的机会,在他眼中,简直就是十恶不赦的大罪。

"听说你在两天前也进入了强榜?"萧炎斜瞥了吴昊一眼,问道。这个家伙虽说实力停步在大斗师巅峰,但若是全力以赴,就算是寻常的一二星斗灵,也能一战。

"嘿嘿,四十一名,比你足足低了十个名次,希望我们别在大赛开始就遇见。"吴昊笑道,脸上隐隐有一些得意。进入内院仅仅半年便直接跻身强榜,虽然名次并不算高,但已经极为难得了。与萧炎相比自然还有些差距,但是吴昊已经极为满足。为了得到这个名次,他不知道付出了多少汗水。

与吴昊交谈了一会儿,萧炎转过头,目光往四周扫了扫,发现已经有不少人出现在这个高台上。能够进入这里的学员大多是参赛选手,其他的则同薰儿等人一样,是被参赛者顺便带上来的。

萧炎的目光,停在了一个有着璀璨银发银裙的冷艳女子身上,萧炎目光一转,便在韩月身旁发现了林修崖、严皓等人。在萧炎发现林修崖等人时,他们几人的目光也投了过来。众人对视了一眼,皆笑了笑。

"哈哈,萧炎,希望我们别在大赛一开始便撞在一起。"林修崖,无论身处何地,都是主角般的存在。听得他的笑声,高台上一道道蕴含着各种情绪的目光,也转移到萧炎身上。

"林学长可是强榜第二,除了紫妍,能与你抗衡之人屈指可数,若是比赛开始就遇见,那也只能说是萧炎倒霉了。"萧炎轻笑了一声,道。

"那可不见得,对于你那速度,我也心悸得很啊。"林修崖似笑非笑地道。见识过当日萧炎展现的恐怖速度,他可不会小觑面前这个看似低调的学弟。林修崖的嗓门并未放低,因此周围的一些参赛者听后皆是一怔,林修崖竟然都如此说?

"对了,前几日我们又去了一趟深山。"与萧炎笑谈了一会儿,林修崖忽然开口道。

萧炎不动声色地笑道:"哦?是吗?怎么样,这次可如愿了?"

"还能怎样?那个畜生越发狂躁了,这次不知道发了什么疯,一见面就直接觉醒狂暴血脉。若不是我们跑得快,恐怕连这次大赛都参加不了。"一旁的严皓翻了翻白眼,极为不甘地骂道。

萧炎心中悄悄松了一口气,安慰道:"得不到就算了,反正只要进入强榜前十,便能够进入天焚炼气塔底层,接受本源心火锻体,到时想必你们也能够借此踏进斗王之阶。"

"唉,但愿吧,虽然那心火锻体被称为斗王的安全通行证,但毕竟也不是十拿九稳……虽然如今距离斗王只有一步之遥,但是若没有机缘,说不定五年、十年都突破不了。"林修崖无奈地摇了摇头,道。

成为斗王,才真正进入了大陆强者之列。萧炎对于这点极为清楚,他明白斗灵与斗王之间的差距。

"哈哈,我还真是过于忧虑了。"林修崖轻笑了一声,微皱的眉头舒展开来,拍着萧炎的肩膀道,"听说你在塔中又与柳擎等人发生冲突了?嘿嘿,那你可要小心一点儿,柳擎那帮人在强榜上可占着不少名额。这大赛,虽说有不可伤及性命的规定,可刀剑无眼啊……"

萧炎笑了笑,刚欲点头,却忽然感到高台上安静了许多,他转过头,看见入场口走进来一大群人，眼睛顿时眯了起来。

一群人径直走上高台，沿途遇见之人皆极为识相地避开。人群之首，是一名衣着朴素的男子，身材壮硕，粗眉如剑般扬起，不怒自威的脸上带着一股凌厉霸气。这股气势，除了那霸枪柳擎，还能有谁？

柳擎身后，便是与萧炎曾有过节的柳菲和姚盛。二人也发现了萧炎等人，怨恨与阴冷的目光，同时投了过来。对于这两人的目光，萧炎只是淡淡地挑了挑眉头，与一旁的林修崖、严皓等人对视了一眼，微微一笑。

柳擎等人径直走向萧炎、林修崖他们，高台之上一道道目光皆投注在两方人马之上。这两方，是内院最为强悍的两股势力，平日都各自避让，可今天，竟然正面碰撞在一起，真的是冤家路窄啊。

柳擎一行缓缓地在萧炎等人面前停下脚步。柳擎瞥了萧炎、林修崖几人一眼，淡淡地道："终于遇见了，这一天我等了很久。"

内院之人都知道，柳擎的对手是林修崖，其他人，除了紫妍那个凌驾于他们之上的小怪物，柳擎都不放在眼里。即使是排名第四的严皓，内心深处依然对柳擎有着几分忌惮。

"希望这次你运气能好点。"林修崖回以淡笑，虽然他的身材与柳擎比起来小了整整一圈，但是他的气势丝毫不弱于柳擎。

作为多年的对手，两人时时刻刻都在较量。当年的一场战斗，柳擎以微小的弱势败在林修崖手中，一直耿耿于怀。这些年他实力突飞猛进，却并未与林修崖比试过。究其原因，便是这个满心傲气的家伙，在等待着现在这个机会。当年他在强榜大赛上输给林修崖，如今，他要在这里取回胜利！十年磨一剑，为了这场战斗，柳擎不知道挥洒了多少汗水，独自品尝着修炼中的枯燥。

在两人对话时，高台上鸦雀无声，对于这两人，即使是心高气傲的他们，心中或多或少地都有着几分敬畏。实力为尊，这在斗气大陆任何地方都是通行的规则。

　　两道目光在半空中碰撞，气氛剑拔弩张。看这情势，一言不合就要大打出手。

　　萧炎的目光随意地扫视着，忽然瞧见柳擎身后一脸铁青的柳菲，他眉头一挑，却发现她的目光正怒视着身旁的薰儿。显然，薰儿那天当众给她一耳光，让她记忆犹新。

　　对于柳菲那恶狠狠的视线，薰儿却是恍若未觉，一对美目凝视着萧炎的后背。此刻，正好一缕淡金色的温暖阳光洒下，在薰儿那张清雅精致的俏脸上留下金色的光辉，修长的睫毛在阳光下一闪一闪，宛如梦幻。即使是相貌不俗的柳菲，心中也忍不住生出些许嫉妒。

　　这副美态，也被柳擎身后的姚盛收入眼中，姚盛心尖刚微微颤了一下，旋即便感觉手臂一疼，柳菲细弱冰冷的声音从一旁传来："哼，就是这女人当日打了我一巴掌，你若是想要我给你机会，就必须给我出这口恶气！"

　　姚盛抖了抖脸皮，将阴冷的目光投向萧炎。他缓步上前，皮笑肉不笑地道："萧炎，自己的女人可得管好一点儿，不然的话，到时候你还要多受一份罪。"

　　在听到姚盛的话后，萧炎身后的吴昊、琥嘉等人脸色顿时一变，怒目而视。柳擎微微皱了皱眉头，不过并未说什么，他清楚姚盛是想替柳菲出头。

　　柳擎斜着瞟了一眼萧炎身后脸色平静的薰儿，似乎感应到什么，脚步向左横跨了一步，将柳菲护在身后。当日在竞技场中，他见识过薰儿鬼魅的身法，可不敢大意。

　　萧炎抬了抬眼皮，抓住身旁薰儿的纤手，注视着姚盛，淡淡地笑道："这里可不允许动手，比赛场上遇见，我帮你讨回来。"那笑容中有着不加掩饰的冷意。

　　薰儿掌心中若隐若现的金色光芒迅速消散，她微蹙柳眉，没有说话，只是退后一步。薰儿灵动的眸子轻轻扫了一眼对面的姚盛，微笑中也隐藏着些许冰冷。

见薰儿退后，体内劲气缓缓涌动的柳擎这才略微松了一口气，却依然紧紧地注视着一脸恬静的薰儿。有过上次的经验，他可不知道她会不会再度暴起打人。

"说得对，比赛场上遇见，一切都得讨回来。不然的话，一些新人怕是真的尾巴翘上天了。"姚盛点了点头，眼中狠意颇浓。

"好了，别废话了。"柳擎皱了皱眉头，对着林修崖等人一挥手，转身朝着高台上的座位行去。

"比赛过后，我看你还有何脸面在内院横行。不懂规矩的新人，看来只有被狠狠扇了几个耳光后，才会懂得什么叫作规矩。"姚盛路过萧炎面前时，冷笑着撂下一句狠话。

萧炎脸色平静地望着姚盛的背影，嘴角缓缓浮起一抹冷漠的笑意。姚盛三番五次挑衅，彻底地激起了他心中的狠辣。

"哈哈，没想到你原来是与这个家伙结仇了。"林修崖转身冲萧炎一笑，戏谑地道，"不过也在意料之中，薰儿学妹当众打了柳菲一巴掌，姚盛为了讨好柳菲，自然要来找麻烦。他也不好与一个女子为难，便把怨气转移到你身上。看他刚才那般表情，若真在比赛场上遇见，恐怕他不会有半分留手。"

"你可得小心一点儿，那家伙的斗气有几分古怪。据说以前他不小心被一种名为蚀骨阴蝎的毒物咬了一口，他不仅没死，反而误打误撞地将毒素融进斗气之中。与人战斗时，他能够以水属性斗气，悄无声息地将毒素侵入对方体内。若是不及时清除，不出一天时间，对方就会毙命。"也不知是有意还是无意，林修崖竟然将姚盛的底子透露了不少。

萧炎默默点头，对着林修崖拱了拱手，轻笑道："多谢。"虽说有青莲地心火护体，萧炎根本不惧姚盛的蕴含着毒素的斗气，但对于修崖的好心，他自然心领。

"我也看那家伙挺不顺眼的，不过平日在我面前他倒是规规矩矩，所以找不

到借口收拾他。你若是真在比赛中遇见他,那就顺便帮我也多打一拳。"林修崖开玩笑道。

萧炎含笑点头,心中却冷笑道:"若只是皮肉之苦,岂不是便宜了他?"

在柳擎等人离开后,高台上的气氛再度活跃起来。随着时间的推移,高台上的人越来越多。萧炎惊讶地发现座位上竟然坐满了人,黑压压的一大片人头看得人眼发花。

当!喧闹无比的场地中,突然再度响起古老的钟声,广场上顿时恢复平静。

咻……天空上响起大片破风声响,众人抬头,仅能看见一闪而逝的模糊身影,旋即目光低移,见到十几个老者不知何时出现在广场高台的特殊席位上。

萧炎的目光扫过这些老者,他们都是院中长老,而居中的那位黑袍白发白须老者,赫然便是苏千大长老。

"没想到连他都会出席,看来内院对这强榜大赛极为看重啊。"萧炎轻声嘀咕道。

苏千缓步上前,双手虚按,他目光缓缓地扫过全场,最后停留在高台上那倚靠着栏杆的黑袍青年身上,眼中溢出淡淡笑意,苍老而低沉的声音在全场每一个人耳中响起:"名列强榜之上者,进场地!"

随着苏千声音的落下,高台上一道道身影在半空中划出弧线,纷纷落在广场之中。萧炎抬起头来,一股火热战意,悄然生发。

真正的大赛,即将来临!

第十四章
强榜大赛

嘭！天空中，一道身影犹如黑色铁塔，带着尖锐的破风声，重重地跺在地面之上。落脚之处，那由特殊材料所制的漆黑地板，居然裂开些许细小缝隙。

来人正是霸枪柳擎，这股凌厉的霸气与强横气势，整个内院也只有他具备了。柳擎的身体笔直如枪杆，没有丝毫弯曲。斜背的一柄与身高等长的黑色重枪，透着厚实的气势。落地后，柳擎猛然抬头，将视线投向高台上的林修崖，目光中充斥着炽热战意！

众人都感受到两人间那股针尖对麦芒的气势，心中极为期盼，不知道这两位内院顶尖高手交起手来，谁会胜出。

林修崖淡淡一笑，冲着不远处的萧炎拱了拱手，旋即脚尖一点地面，身体犹如一片落叶，径直掠出高台，一股淡青色的旋风在脚底形成。然后他犹如走楼梯一般，踏空而行。

这一手，立刻引起了全场惊呼。即使是斗王强者，也必须借助斗气之翼方能停留空中，而类似这种毫不借力便能在空中漫步的技术，至少需要斗皇方能勉强办到。

望着林修崖展露出的这手绝技，就连高台上的一些长老都忍不住点头。他们自然能够看出林修崖并非真正地如履平地，而是使用风系斗气，在脚下凝成无形的踏脚点，并不能持久。这需要对斗气有极为精确的控制，以林修崖如今的实力，能做到这一步，着实不易。

林修崖缓缓走下半空，双脚轻轻落在地面上，旋即负手而立，身形飘逸而潇洒。周围有不少女子开始眼冒星星了。

就在众人还陶醉在林修崖踏空而行的景象中时，忽然有低沉的雷鸣声在半空中响起。众人连忙抬头，然而除了在眼瞳中一闪而逝的银芒，竟然再未发现其他踪迹。正当众人茫然四顾时，有些眼尖之人发现，场中多出了一道身着黑色衣袍的人影。

"萧炎？这家伙的速度……好快！"如今萧炎的容貌已经为内院学员所熟知，并且那标志性的玄重尺也表明了他的身份，一时间，惊叹声此起彼伏。

萧炎的出场，并没有前面两人那般华丽，但在强者的眼中，丝毫不逊色于柳擎与林修崖。那般速度，快得有些可怕。

"这个小家伙的速度，在斗灵之中难以寻见几人能与其抗衡。而且看其身法，还略有些稚嫩，想必只是初成，真不知道以后修炼到极致时，将会是何等恐怖！"高台上，与萧炎关系颇为不错的郝长老捋着胡须，由衷地赞叹道。

"他修炼的身法斗技怕是等级不低，不然的话，可没有这般效果。"一名长老点了点头。

苏千大长老淡然地站立原地，片刻后，他眼睛微眯，心中有些惊疑地道："这个小家伙怎会这种身法斗技？这可是风雷阁的不传之技，日后若是被那些家伙发现，少不了一番纠缠。"

就在萧炎三人入场后不久，一个身着白色衣服的小女孩，慢吞吞地顺着阶梯爬了上去，走到队伍的最前面。她东张西望，瞧见萧炎时，嘿嘿一笑，露出可爱的小虎牙，嘴巴中似乎还在嚼着什么东西。

紫妍的身份，内院之中知道的人并不多，也就强榜上的人以及一些老生知道。毕竟紫妍不经常在内院露面，也无人敢挑战她。也难怪大多数内院之人只知柳擎、林修崖等人，却不知道那个凌驾在他们之上的强榜第一，竟然会是一个如此可爱的小女孩。

对于周围的目光，紫妍懒得理会，不断地嚼着萧炎给她炼制的药丸，那副悠闲模样，可没有半点儿大赛临近的紧迫感。若是放在两年之前，这内院之中倒还有一些能与其抗衡的对手，可如今那些强者都已经毕业离开，而她却以这副长不大的小女孩模样，成为在这内院之中待得最久的学员……

轻轻的咳嗽声在每个人耳边响起，众人抬头望向高台最中央的黑袍老人，目光中充满着敬畏。

"既然人已经齐了，那么大赛开始。"苏千淡淡地笑道，"不过在比赛之前，还是要提醒一下，虽然内院风气开明，但是我还是希望诸位在比赛时，勿下杀手。你们是在迦南学院，并不是在黑角域那种人吃人的地方。虽说内院有竞技场这种略为血腥的场所，可本意只是锤炼你们，并不是要你们拼个你死我活，还望诸位下手掌握分寸。"

听得苏千的话，一些参赛者点了点头，不过更多人却是持不置可否的态度。这种比赛，为了能够进入前十，谁不会全力以赴？全力之下，意外总是难免。

苏千的目光在参赛者脸上扫过，无奈地摇了摇头。如今内院风气逐渐彪悍，在那竞技场中，原本一些不知拼杀的新人，也成长为战斗经验丰富的恶狼，现在想要遏制他们的凶性，可是不太容易了。

"规矩与以前相同，抽签定对手。"苏千不再废话，沉声道。

说完，他袍袖轻挥，离萧炎等人不远的一块黑布便落下，露出其下的石台。石台上立着一个宽大的木筒，筒中装着不少竹签。

"筒中有二十五支蓝底签，二十五支红底签，抽到相同号码的就是对手。比

如抽着蓝底十二号签者,你的对手便是红底十二号签的持有者。"苏千将抽签规则简略地说了一遍。

"好了,抽签开始!"

一个个参赛者有序地行至石台,从木筒中抽出竹签,当众念出自己的号码后,这才退下。萧炎并未急着去抽签,而是站在原地。他忽然微皱眉头,视线对着后方一扫,见到一道怨毒的目光,看清相貌,竟然是当初败于自己手中的白程。看白程这般模样,可知他依然对自己怀恨在心,而且还有着几分不服。

瞧得萧炎的目光,白程冷笑一声,大踏步向前,走到石台边一阵摸索,最后取了一支红底的竹签,声音沉闷地念出:"红底十五。"

念完之后,他便退到一旁,继续用怨毒的目光盯着萧炎,心中诅咒道:"你最好抽到和柳擎号码相同的竹签!"

萧炎慢吞吞地走向石台,随手抽出一支蓝底签,目光一扫,先是一怔,旋即嘴角浮现一抹玩味的笑意。

"蓝底……十五。"当萧炎报出自己的号码时,那白程的脸色顿时僵住了,甚至还有一分苍白。虽然白程总是对自己败于萧炎手中耿耿于怀,他一直将自己失败归咎于萧炎吞服了龙力丹,但是在这一刹那,其心中却升起了一股恐惧。

白程握紧手中的竹签,望着萧炎嘴角挂着的那抹玩味笑容,脸抽动了一下,垂下头,目光犹如一头孤注一掷的凶狠饿狼,在心里说道:"该死的浑蛋,这一次就算拼了命,也要让你失去争夺强榜前十的机会!"

平静地望着垂着头的白程,萧炎把玩着手中的竹签,心中并未有太多的担心。当初身为一星斗灵,他便能够打败白程,如今实力又精进不少,胜过白程,已经不再需要像上次一般,将自己搞得精疲力竭。

在萧炎之后,又陆续有人抽取了竹签,吴昊的对手是一名排在强榜四十三名的一星斗灵。虽说吴昊实力方才是大斗师巅峰,可他若是全力以赴,胜算不小。看他那副笑眯眯的模样,显然也为自己的运气庆幸。

最后一名参赛者在众目睽睽之下抽签完毕之后,场中对决顺序便已落定。其中自然不乏一些垂头丧气、满脸无奈的人,因为他们的对手,是那些排在强榜前面的高手。有一名四星斗灵,抽到了与柳擎相同的号码,在报出号码的那一霎,这家伙的脸色便瞬间灰了下来。

紫妍的对手倒是颇为有趣,这家伙是最近强榜上风头颇劲的一匹黑马,是那种心无旁骛、只知闭关修炼的人,所以他并不知晓紫妍的名头。他瞧见自己的对手竟然是一个小女孩,顿时就在旁人惊骇的目光中不屑地笑了起来。瞧见这一幕的萧炎等人有些忍俊不禁,等着吧,比赛开始了,这个家伙立马就会哭得天昏地暗。

苏千的目光缓缓地扫过全场,瞧得所有参赛者都已经选定对手,这才点点头,苍老的声音响彻全场:"既然抽签已经完毕,那么便请诸位先回到自己的座位吧,比赛顺序随机抽取。"

说完,苏千随手从面前的一个竹筒中抽出一支竹签,瞟了一眼,淡淡地道:"七号。"

听得苏千所念的号码,参赛队伍中,有两个人猛地绷直了身体。

"蓝底竹签与红底竹签七号留下,其余人,离场。"挥了挥手,苏千命令道。

场中众人立刻掠出,只留下同为七号的两人。那两人也颇懂比赛规矩,下一刻,便迅速凝神,紧绷着脸,斗气满溢身躯,各自取出武器,目光尖锐地望着对手。

望着场中逐渐弥漫的火热战意,刚才还安静的看台上,再度响起窃窃私语,众人的目光也在霎时间变得火热了许多。期待已久的强榜大赛,终于正式拉开帷幕。

萧炎与吴昊皆回到高台。萧炎与不远处的林修崖对视了一眼,彼此含笑点头。

"这两个家伙一个排名三十五,一个排名三十八,实力相差不大,这打起来可是有些胶着啊。"吴昊望了一眼场中二人，笑着道。

萧炎随意地点了点头，身子斜靠着栏杆，目光懒散。

"没想到萧炎哥哥的对手又是白程。"薰儿掩嘴轻笑道。

"手下败将罢了。"萧炎笑道。虽然自己摆擂台后，已经很少有人会说他打败白程是依靠丹药之助，但是仍有人不服。今天再度相遇，正好能在这大庭广众之下明明白白地给所有人看看，他能打败白程一次，便能打败两次、三次……

"那家伙对你很是记恨啊，这次相遇，怕是会拼命。虽然你不惧他，但是也要小心点，万一被其打伤，对接下来的比赛不利。"吴昊皱了皱眉，提醒道。

萧炎笑着点了点头，他为人本就谨慎，自然会小心提防。能否进入强榜前十，可是关系到陨落心炎能不能落进自己手中。所以，对这场比赛，他可是抱着一万个小心，生怕出什么差错，导致自己的计划出现偏差。

在几人谈话时，下方场中的两人已经猛然对碰，火花四溅，不断发出清脆的金铁交击声。战斗从一开始，便略过了热身部分，直接进入真正的火拼之中。

场中一人是火属性斗气，一人则是木属性斗气，虽说后者实力稍强，但是由于斗气被克制了，反倒有些吃力。而那个火属性斗气的参赛者颇为聪明，深得一鼓作气的精髓，炽热劲风连绵不绝，淡红色的斗气犹如一簇簇实质火焰，在半空中划出道道弧线，狠狠地朝对手劈砍而去。在他这般凶狠攻势下，那个木属性斗气的学员并未有丝毫慌乱，脸色沉稳地将对方的攻击尽数接下，虽然看似落于下风，但是一直未受重创。

"那火属性斗气的学员，要输了。"萧炎懒散地瞥着场中的战斗，忽然开口道。

"啊？"闻言，一旁的吴昊与琥嘉均有些愕然。

"火属性斗气的学员固然攻势强猛，但不能持久，他的对手战斗经验明显比他更丰富，懂得避让与拖延。木属性斗气的学员虽然攻击力较弱，但是胜在持久，并且还能治愈自己的伤势。你们若是仔细感应便能发现，火属性斗气学员的攻势已经逐渐变缓，而其对手正在扳回局面。恐怕不过十分钟，便会分出胜负。"一旁的薰儿，笑盈盈地轻声道。她的眼光丝毫不比萧炎差。

听得薰儿这般分析，吴昊与琥嘉又仔细观察了一会儿，然后惊诧地点了点头道："果然。"

萧炎斜瞥了身旁的薰儿一眼，这个小妮子看得比他还准，至少他就判断不出这两个家伙能在十分钟内分出胜负。

薰儿预料得不错，八分钟后，场中胶着的态势陡然出现变化。一直都处于被动防守的木属性斗气学员，爆发出极其凌厉的攻势，手中淡绿色斗气暴射而出，快若闪电地穿过对手的防御，重重地砸在其胸口之上。那火属性斗气学员脸色苍白，一丝鲜血从嘴角流下，狠狠地摔出了场地。他爬起身来后，只听见满场雷鸣般的掌声，脸上布满了黯然与不甘。

"第一场比赛，贺布胜！"高台上，苏千淡淡地宣布了比试的结果。这种算不得多激烈的比赛，对他来说，根本就如同小孩子过家家。

苏千轻靠着椅背，再度从竹筒中抽出一支竹签，微微一怔，旋即哑然失笑，对着身旁的几位长老微笑道："看来我们可以看场有趣的比赛了。"

"第二场比赛，二十八号。"随着苏千话音的落下，一道身影掠上台。来者是个男子，一脸桀骜与傲慢，作为最近风头甚劲的一匹黑马，他一路从强榜之外闯到第三十三名。而且，这家伙还放出狂言，若是再给他五天时间，定然连前面的萧炎也要挑落马下。萧炎对此没有丝毫回应，他正忙着闭关，可没空搭理这个一朝得志的家伙。

在男子上台后不久，一道娇小的身躯出现在众人的目光里，身着白衣的小女孩慢吞吞地爬上台。

"哈哈，小女娃，放心吧，我会留手的！"望着白衣小女孩，男子忍不住笑道。

听到男子的笑声，高台上，萧炎、林修崖、柳擎等人都抹了把额头上的冷汗："这个可怜的家伙……"

那名男子也察觉到周围的一些目光有些不对，却又不知道确切原因，脸上的笑容僵了一下，目光仔细地在紫妍身上扫了扫。可以他的实力，又怎能看出紫妍的底细？

紫妍用乌黑的大眼睛瞥了一眼对面的男子，十指交叉，微微一按，顿时传来噼里啪啦的声响。她抬起头，望向大长老苏千，老气横秋地说道："喂，老头儿，可以开始了吗？"

这话一出口，满场哑然。一些清楚紫妍身份的人倒没在意，而其他不知情者则满脸呆滞。这内院之中，竟然有人敢对大长老这般说话？

苏千无奈地摇了摇头，对这个调皮的小家伙，他也是没有丝毫办法。苏千瞥了一眼身旁那些偷笑的长老，挥了挥手，道："开始吧，记得，不要伤人性命！"

紫妍调皮地耸了耸肩，道："放心吧，一拳头，重伤还是轻伤就看他自己的抗打能力了。"

"狂妄！"男子脸色一沉，道，"别以为你是个小女孩，我就会手下留情。记住我的名字，贝崐！"

紫妍不耐烦地甩了甩淡紫色的马尾辫，磨了磨可爱整洁的小虎牙，旋即轻轻抬起脚掌，片刻后，猛然落下！

嘭！一道足有半尺宽的裂缝宛如一条蟒蛇，从紫妍脚底下向目瞪口呆的贝崐蔓延，一道无形劲气暴射而出，重重地对着男子双腿之间砸去。

贝崐来不及多想，一声厉喝，一股雄浑斗气从体内涌出，转瞬间便在身体表面形成一副灰白色的斗气铠甲。

贝崐凝聚斗气铠甲的速度极快，显然，能够走到这一步，他的确拥有不错的实力，就怪他运气差，遇见了连柳擎、林修崖等人都避之不及的紫妍。在两者刚刚接触的一刹那，看似极为坚固的斗气铠甲，便以摧枯拉朽的速度彻底破裂。紫妍那道凶悍劲气，毫不留情地穿透斗气铠甲，轰在贝崛双腿间，顿时，一道撕心裂肺的惨叫，响彻整个广场。

望着场中那抱着下体、身体犹如蜷缩的大虾一般躺在地上不断号叫的贝崛，全场人都愣住了，情不自禁地抹了把额头上的冷汗，这肯定会留下后遗症吧？

萧炎等人同样目瞪口呆地望着场中，忍不住咽了一口唾沫。这家伙，虽然看起来人畜无害还很可爱，但是这下手也太狠了啊。

"好蛮横的力量……她似乎根本没有动用斗气，完完全全就是凭借肉体力量。"薰儿声音中略带讶异。

萧炎点了点头，在紫妍动手时，他也并未感觉到斗气波动，不过一想到她的真实身份，他便释然了。魔兽大多以肉体力量强横而著称，况且药老说过，紫妍或许是一种罕见的上古异兽，那么她拥有如此恐怖的力量，也不足为奇了。

裁判席上，苏千等长老的脸也抽搐了几下，一些长老干笑了几声，都不知道该说点儿啥好。苏千干咳了一声，苦笑着说："这场比赛，紫妍胜。"

"喊，没劲。"紫妍撇了撇嘴，挥了挥手，脚掌一跺地面，娇小的身体便暴射而起，轻巧地落在萧炎身旁，冲着他笑了笑。

"你下手还真狠啊。"萧炎望着紫妍那粉雕玉琢般的可爱模样，无奈地道。

"那次我刚好看见他赢了一场比赛，当众扬言下一个对手就是你。"紫妍看了一眼场中已经开始的下一场比赛，抓着淡紫色的马尾辫，嘿嘿笑道。

萧炎一愣，他以为紫妍下这般狠手是因为不屑与对方纠缠，没想到竟然还和自己有一些关系。不过……这小女孩还真的挺讨他喜欢的。

萧炎揉了揉紫妍的小脑袋，轻笑道："这些事我自己能解决，你可以不用管的。"

"不帮你忙的话，你以后肯定就不会给我炼制药丸了。"紫妍一甩头，哼哼道。身为魔兽的她，并没有人类那么多花花肠子，她单纯地认为只有让萧炎欠

她人情,他才会一直给自己炼制药丸。

"现在我帮你教训了那个家伙,你可是欠了我一个人情,我会记得的。"紫妍又说。

"哈哈,好,算欠你人情。"萧炎哭笑不得地摇了摇头,扯了扯紫妍的马尾辫,望着她开心的笑容,脑海中忽然闪过一个总是谦卑地弯着腰、满脸怯意、有着人蛇血脉的小女孩。

"不知道青鳞如何了……"萧炎在心中轻叹了一声。当初在加玛帝国,那个落进虎口的小女孩,最后被天蛇府的人从他身边夺走。对于那个胆怯的小女孩,萧炎总是心怀愧疚。

见萧炎点头,紫妍嘿嘿一笑,露出可爱的小虎牙,站在栏杆上,拍着萧炎的肩膀,豪气地道:"放心吧,有我护着你,肯定让你进前十。谁敢抢你的位置,我就直接把他打个半死。"

紫妍并未压低声音,几乎整个高台上的参赛者都听见了她的话,脸色都变了变。

萧炎无奈地摇了摇头,轻轻敲敲紫妍的脑门儿,看着她捂着额头满脸嗔怪的模样,不由得笑道:"我进入前十自会靠自己的实力,若是靠你帮忙,就算进去了,那也坐不安稳。"

紫妍翻了翻白眼,不满意地嘟囔了几句。

"哈哈,没想到萧炎兄弟与紫妍学姐这般熟悉。"熟悉的笑声忽然在一旁响起,萧炎偏头一看,原来是林修崖几人。

"学姐……"萧炎忍不住张了张嘴巴,打量了一下眼前的几人,颇有些忍俊不禁,不过好笑之余,也有些错愕。平日林修崖在众人面前,总是保持着淡然的气质,而他现在脸上的笑容,怎么看都有着一分惧怕。

紫妍瞥了林修崖一眼,懒散地道:"原来是你啊,好久不见了,上次比赛你跑得真快。"

林修崖脸上现出一抹尴尬，讷讷无语。当年那次强榜大赛，他与紫妍在最后一轮遇见。他与紫妍一碰面，便极为干脆地当场认输，这令紫妍一直耿耿于怀。

"这比赛可真无聊，你们玩吧，看来今天没有我的比赛了。"紫妍望着场中你来我往、极为火爆的战斗，无聊地打了个哈欠，对着萧炎挥了挥手，然后直接跳下高台，蹿出了广场。

望着紫妍的背影，萧炎无奈地摇了摇头，转过头来，却瞧见林修崖欲言又止的模样，当下眉头一挑，笑道："怎么了？"

"嘿嘿，萧炎兄弟和紫妍学姐很熟吗？"林修崖干笑道。

"还行吧。"萧炎摊了摊手，道。

"嘿嘿，那就拜托兄弟和她说说，如果在比赛上遇见，千万不要让我太难堪了。说实话，如果我对柳擎是忌惮的话，对她，那就是惧怕了。我想……柳擎或许也是这么想的。"林修崖讪讪地道。

"等下次和她见面，我帮你说说。"萧炎忍住心中的笑意，点了点头。

见萧炎答应，林修崖冲着他感激地笑了笑，抱拳离开。

萧炎望着转身离开的林修崖，轻笑了一声，果真是一物降一物啊。

"第三场比赛，十五号！"就在萧炎感叹时，裁判席上忽然响起的喊声令他微微一怔，他抬起头来，却瞧见苏千正含笑望着自己。

"终于轮到我了吗？"萧炎转过头，撞上了一道恶毒的目光，萧炎脸上缓缓浮现一抹冷漠的笑容。

第十五章
萧炎出手

宽敞的场地之中,两道人影遥遥对立,一黑一白,在这淡灰色的场内,显得格外扎眼。

"竟然是萧炎和白程?这两个家伙又碰在一起了……"

"嘿嘿,这下可有好戏看了。听说上次败在萧炎手中后,白程一直对外说是萧炎服用了龙力丹的缘故,如今在这种不准服用丹药的比赛上遇见,不知道他能不能扳回一局。"

"我看很难吧,萧炎上次摆擂台连程南都打败了呢。程南可是六七星的斗灵强者啊,实力并不逊于白程。"

对于曾经爆发过激烈战斗的两人,内院大多数人都认识。上一次竞技场的战斗,奠定了萧炎强榜上的地位,而作为失败者的白程却是名誉扫地,如今再次遇见,不得不说是冤家路窄。

萧炎手掌微旋,硕大的玄重尺凭空出现,他随手一挥,一股强风将地面吹得尘土飞扬。

白程阴冷地注视着萧炎，瞧见萧炎拿出武器，他也取出一杆淡黄色的长枪，枪身微震，以极快的速度抖动，舞出一朵枪花。只要他能打败萧炎，属于他的荣耀便会再度归来！

"一定要打败这个浑蛋！不惜一切代价！"为了赢下这场比赛，他打算不择手段，什么勿下杀手，都见鬼去吧。胜者王败者寇，只要胜利了，什么流言蜚语都会消失！

萧炎瞥了一眼脸色变幻不定的白程，便将目光投向裁判席上。苏千察觉到萧炎朝他望来，缓缓站起身，并未有太多废话："第三场比赛，开始！"

萧炎与白程，在这一刻爆发出凶悍的气势。一青一黄两种斗气从两人体内涌出，犹如光圈一般，将两人笼罩，强烈的压迫感令一些靠近的学员呼吸微微一滞。

"不愧是强榜排名靠前的高手，与前面几场比赛相比，可高了不止一个档次。"周围的学员皆在心中暗自赞叹。

萧炎微微扭动着脖子，一股股雄浑斗气在经脉之中急速流淌，给身体各处带来源源不断的充盈力量。手中的玄重尺，青色斗气缭绕其上，偶尔有极淡的青色火苗升腾而起。每当青色火焰蹿起时，周围的空间都会出现短暂的扭曲，不过一般人难以察觉。

两道目光紧紧对视，剑拔弩张的气氛在场中蔓延。如此一两分钟后，一道在场外响起的咳嗽声，终于将这紧绷的气氛彻底引爆！

哧！两道被雄浑斗气包裹的人影，在咳嗽声响起的那一霎，同时如箭一般射出！最后在场地中央，狠狠撞在一起！

叮！两道模糊人影交错而过，锋利的长枪闪电般地刺出，却被犹如一面厚实盾牌的黑尺轻易挡住。火花四溅，一圈细小的能量涟漪向外扩散。

萧炎面无表情，手中重尺狠狠对着身后抢去，重尺发出的尖锐的破风声令人耳膜刺痛。

叮，叮，叮！白程强行扭转身躯，手中长枪在极短时间内刺出十几枪，每一枪都点在重尺之上，发出清脆的声响。

"那白程好像比上次强了不少。"林修崖望着场中激烈的战斗，忽然皱了皱眉，道。

"的确是强了不少，倒不像吃了什么丹药，反而像是……提升了等级。"严皓沉吟道。

"看来上次败在萧炎手中，竟然还让他得了一些好处啊。"韩月纤手捋着一缕银色长发，淡淡地道。

"短暂的进步而已。那一次战败，令他心中出现阴影。他这次若真能打败萧炎，不仅能将这阴影剔除，日后实力或许会大涨；但若打不赢，他恐怕将永远止步斗灵了。"林修崖平淡地道。

"要打败萧炎恐怕有些困难。"韩月冷艳的脸上浮现一抹极淡的笑容，美眸盯着场中那道如同附骨之疽的黑影，道，"短短两个月时间，萧炎便直接飞跃到三星斗灵，这般速度堪称内院第一……恐怕也是斗王之下第一人。"

场中的萧炎心中也颇不平静，作为白程的对手，自然更清楚地感觉到这家伙的变强。不过这对他来说，算不得什么。当初初入斗灵，他凭借天火三玄变，才够资格与白程正面对拼。如今他已经晋入三星斗灵，实力大涨，再借助焚诀的特殊效果，就算与寻常五星斗灵正面交战，他也丝毫不怵。再加上强化的肉体力量和三千雷动，此时的萧炎，就算不使用天火三玄变，对付白程也绰有余力。

"难怪有几分信心，原来是提升了一级……不过，光凭这个还不够。"萧炎将注意力完全放在尺身之上，脑海中，不断地闪过当初在深山中感受到的树浪铺天盖地涌来的意境，手中重尺猛然刺出。原本粗笨厚重的重尺，此刻在萧炎手中竟然犹如长枪，灵活度甚至不比白程手中的长枪弱。并且，重尺的攻势连绵不绝，白程的长枪，根本没有近身的机会。

"咦？"在萧炎改变尺法的一刹那，高台上以及裁判席上，许多人的脸上布满惊讶。这也难怪他们会露出这般神情，先前萧炎的攻击大开大合，一力降十会，现在这般尺法，却是真正地用上了一些技巧，而且这技巧还颇为高深。

白程脸色变得难看了许多。他唯一能够胜过萧炎的，便是枪法的刁钻精妙。而现在萧炎施展的尺法，丝毫不比白程的枪法弱，白程已无优势可言。

白程双目圆瞪，手中长枪犹如一条被困的毒蛇，四处乱窜，却始终被玄重尺紧紧粘住，怎么甩都甩不掉。施展枪法本就需要保持距离，被萧炎如此一搞，白程长枪的凌厉攻势几乎失去了一半。

再度与萧炎纠缠了几分钟，白程的眼睛逐渐变得赤红，心中一声厉喝："拼了！"

喝声落下，白程手掌猛地击打在枪柄之上，长枪暴射向萧炎心脏。这一手没有丝毫留情，若是不幸被击中，萧炎怕是当场就得毙命。

萧炎脸色阴冷，手臂一抖，玄重尺旋转而回，瞬间便出现在其面前，将长枪挡下。枪身上蕴含的劲力，令他急退了两步。萧炎脚步落定，抬起头来，却惊异地发现，白程的脸色突然变成诡异的血红。

白程冲着萧炎狰狞一笑，令人毛骨悚然："别以为就你懂得提升实力的秘法！今日，定要将你彻底废掉！"

萧炎皱了皱眉头，他能够感受到白程突然强横了许多的气势，而且其身体上的斗气，也强了一倍。

"秘法……没想到这家伙也在修习，不过这增幅比起天火三玄变差了好多。看这斗气强度，似乎只能提升一星的实力吧。看其脸色，明显是通过催动血液沸腾提升力量。这般做法，是秘法之中较低级的一种。"萧炎喃喃道。

一般来说，秘法也有高低之分，萧炎激发异火能量以增加自身实力，算是上乘的秘法，而白程这种催动血液的方式，则落了下乘。甚至，一些狠毒的秘

法,还会给使用者留下难以祛除的伤害。

不过不管是上乘还是下乘,秘法终归极为稀罕,在关键时刻,它能够起到决定性的作用,甚至能决定一场战斗的胜负。

片刻后,白程缓缓抬起那对被血气笼罩的眼睛,阴森森地盯着对面的萧炎,紧握长枪,掺杂了些许血色的淡黄色斗气顺着手臂蔓延而下,将整个长枪包裹,一丝丝血色能量在其上游走不定,宛如一条条极为细小的血蛇。长枪上抬,指向对面的萧炎。感受着体内流转不停的雄浑能量,白程露出一抹狰狞的笑容,笑声如同刀剑划过玻璃,令人耳膜刺痛。

"这种秘法,似乎还有些可取之处。"萧炎心中闪过一道念头,眼瞳猛然一缩,脚下银色光芒闪烁,萧炎瞬间在原地消失。

就在萧炎消失的一刹那,一道被血黄光芒包裹的人影犹如鬼魅般掠至,血色长枪如同一道血红闪电,无声无息地出现,猛然洞穿萧炎刚才站立之处的一块地板。

"好快!"看台上,不少人咽了口唾沫。他们清楚,先前白程那记宛如鬼魅的攻击,换作他们的话,恐怕只有在身体被长枪洞穿之后,才能够察觉到吧。

十米开外,萧炎现出身影,惊异地望着白程。在使出秘法之后,白程不仅实力提升了许多,速度也快了一截。先前的那一击,若非自己有三千雷动,绝不能如此轻松地避开。

一击落空,白程抬起眼,望着不远处的萧炎,手臂猛地一抖,长枪高速振动,枪尖一挑,那被洞穿的石板便带着些许碎石,对着萧炎旋转着暴射而去。

萧炎眯着眼睛,后退一小步,将手中玄重尺高举过头,旋即力劈而下。一道无形劲风将那块石板轰成四分五裂,漫天石灰飞舞。

漫天石灰中,一道血光乍现,血色长枪舞出道道枪花,每一道枪花都蕴含着凌厉杀机,直指萧炎身体要害。

萧炎脸色略微变化,手中玄重尺挥动轨迹再次一变,连绵不绝,与那一道道枪花接触。

叮！叮！金铁交击，火花四溅。不过这一次，每当长枪与玄重尺接触，萧炎便会急速后退，并且随着其脚掌的落下，坚硬的地板上，都有一道道细小裂缝蔓延。

萧炎脚掌狠狠跺下，地板彻底崩裂。玄重尺之上升起一道青色火焰，萧炎全力对着面前铺天盖地的血色枪花砸去！

这一次碰撞，萧炎终于未被劲气震得后退。那缕青色火焰犹如一头饕餮，凡是与之接触的枪花，都顷刻间被其吞噬。

玄重尺以摧枯拉朽之势摧毁了枪花，隐藏在枪花后的一道身影，顿时出现在萧炎的视线之中。

"血地八裂！"白程大喝一声，那张原本充斥血色的脸，霎时间变得苍白。其手中长枪却在此刻彻底转化成一柄被浓郁血色能量包裹的血枪，一丝丝血腥味道从枪身之上散发，令人作呕。

白程猛然抖动手臂，八道半丈宽的血光从枪尖射出。若仔细观察，则会发现，这八道血光，竟然正好构成一个牢笼，将萧炎的退路尽数封住。

八道血光带着呼啸风声划过场地，沿途所过之处，坚硬的地板上出现了八道尺许宽的深深沟壑。碎石四射，灰尘弥漫，战场一片狼藉。

轰！八道血光射进萧炎所在的地方，惊雷般的爆炸声响起，无数碎石从灰尘中溅射到四周的看台上，引起一片混乱。

血光的破坏力令人不寒而栗。这等攻势，就算是普通的七星斗灵，抵挡起来也有些棘手。没想到在使用了秘法之后，白程的攻击力竟然强悍到这般地步。

"白程的血地八裂比以前强了不少啊，看来那家伙要倒霉了。"高台上，姚盛瞥着场中的血色光弧，冷笑道。

"最好当场被击杀。"一旁的柳菲，脸上浮现一抹幸灾乐祸，颇有些恶毒地诅咒道。

柳擎皱了皱眉头，紧盯着那灰尘弥漫的场中，片刻后，摇了摇头，淡淡地道："你们太小看萧炎了。看来这次大赛，我的对手除了林修崖，恐怕还会多个萧炎。"

旁边两人闻言后一脸愕然，他们没想到柳擎对萧炎的评价如此之高。柳菲嘟囔了几句，很不愿自己讨厌的人被柳擎如此看重。

"怎么没反应？难道……"严皓皱了皱眉头，那八道血光的确极为强悍，若是一个不慎，萧炎说不定还真会被重伤。

韩月握着栏杆的纤手紧了紧，美眸眨也不眨地盯着场地中。施展出血地八裂的白程已经是强弩之末，若是萧炎能够扛下这波攻击，胜利绝对会属于他，但若是不能……

林修崖眯着眼睛，片刻后突然一笑，轻声道："这个家伙，果然底牌不少啊。"

随着林修崖的话音落下，场中弥漫的灰尘终于散去，显露出一道人影。

白程手持长枪站在原地，脸色惨白。他的秘法无论是持续时间还是强度，都比不上萧炎的天火三玄变，在施展出最强的斗技之后，他便彻底失去了战斗力。此刻，他只能祈祷这次能够将萧炎彻底击败。当看到那道人影踏着沉稳的步伐，缓步向他走来时，白程的心越来越沉，一抹绝望浮现在脸上。

萧炎全身都被包裹在青色火焰之中，连脸都看不清。此时的青色火焰，在萧炎身体上凝聚成一套极为坚固的盔甲，任何攻击，都会被极为炽热的高温化解。

满场寂静，虽然并不清楚究竟发生了什么事，但是萧炎的气势，可比先前强大了不少。而且即便相隔甚远，看台上的众人依然感到一股热浪席卷而来。

"这就是那个小家伙的异火吗？"裁判席上，苏千苍老的眼睛中光芒闪烁，半晌后，方才惊诧地喃喃道，"没想到他小小年龄，居然能够把异火操控得这般纯熟，当真是不可思议啊。"

以苏千的见识和阅历，自然对异火颇为了解。他极清楚异火是何等霸道不驯，想要将其驯服，难如登天。即便驯服，想将其控制得如臂使指，也是一件极为困难之事，甚至还可能被反噬。而萧炎将异火凝聚成盔甲，这种方式对操控有着极为苛刻的要求。

苏千结交过不少炼药师，这些炼药师皆是不凡之人，所使用的火焰都颇有来历，但与真正的异火比起来，还是差了许多。即便如此，他们在火焰的操控程度上也并未超过萧炎多少。要知道，操控异火，可比操控其他火焰要困难十倍以上。那些人大多是在大陆颇有名气的炼药大师，而萧炎虽然天赋不错，但毕竟只是个无名小卒。

当然，火焰凝甲并不是萧炎灵光乍现才领悟的，他只是借鉴大斗师的斗气铠甲。这火焰凝聚出来的盔甲，其坚固程度，取决于施术者对火焰的操纵力以及火焰本源的强度。对灵魂力量强大的萧炎来说，操控异火自然不成问题；而火焰本源嘛，还能有什么火焰比异火更加强悍？

高台上，林修崖、柳擎等人皆满脸惊愕地望着场中的青火盔甲，那覆盖在盔甲之上的青火，无疑是一种极为恐怖的火焰，虽然未亲自接触，但是他们依然能够感应到，若不小心被这东西缠上，后果不堪设想。

青火盔甲忽然微微一颤，旋即火焰缓缓地收进萧炎体内，青色盔甲急速变淡，片刻之后便完全消失，萧炎的面孔也再度出现在众人的视线之中。

萧炎衣衫有些破烂，脸色苍白，可那漆黑眸子中，却充满了难以掩饰的惊喜。先前随意而为，没想到他竟然真的能够将青莲地心火凝聚成盔甲。这青火盔甲的防御力，也大大地出乎他的意料。

只不过，这火焰盔甲，会极大地消耗斗气和灵魂力量，以萧炎如今的实力，也仅能坚持不到五分钟。这火焰盔甲，简直就是一个吞噬斗气与灵魂力量的无底洞。

"总算是意外之喜，关键时刻，应该能取得保命的奇效。"萧炎苍白的脸上

浮现出一抹满足的笑意。他缓缓抬起头来,望着对面手持长枪、一脸惨白的白程,笑容逐渐变冷,猛然紧握玄重尺。先前的那一击,他能够确切地感受到,对方真正地下了杀手。不过就算他凝聚不出火焰盔甲,也能在最后一刻施展三千雷动躲避攻击。

白程察觉到萧炎脸上的阴冷,嘴角抽搐了几下,调动着体内为数不多的斗气,目光依然恶毒而狠辣。

萧炎体内斗气顺着功法路线急速运转,他还源源不断地吸纳着周围天地间的能量。如今他使用的焚诀虽然仅仅是玄阶中级,但是对能量的吸纳速度,就是玄阶高级的功法也要略逊一筹。

低吼声从白程喉咙中传出,他眼中残留着一片血红,手掌紧握长枪,身体微微前倾,手掌猛然狠狠砸在枪柄之上。血色长枪如同夕阳下的一道血芒,带着尖锐的破风声响,对着萧炎的脑袋暴射而去!

血色长枪在萧炎漆黑的眼瞳之中急速放大,就在白程即将进入自己周身十米范围时,萧炎猛地一跺地面,一朵青色火焰,从其指尖射出。青火速度并不快,其威力却让人惊骇。血色枪尖刚刚与其对碰,众人便亲眼瞧见,精钢所制的枪尖,以极快的速度化为铁水滴落,在地板上留下一个个细小凹槽。

枪尖化为铁水,紧接着是枪杆,然后是枪柄……最后,一柄精钢所制的长枪,竟然在众目睽睽之下,被一朵不太起眼的青色火焰,烧成了一摊铁水。这一幕,令人遍体生寒:这若是人撞上了,岂不是连灰都不会剩下?

白程呆滞地望着那摊铁水,身形变得摇摇欲坠。他所有手段都已经施展,可对面那个浑蛋,依然未倒下。白程死死地盯着萧炎,他发现萧炎眼神阴寒如冰、杀意满溢,不寒而栗,恐惧再度从内心深处蔓延而出。

"这个浑蛋想杀我?"白程急忙想举起双手,大声认输。

然而,就在此时,萧炎轻轻一跺,低沉的雷鸣声在广场中响起,一道黑色人影瞬间出现在白程面前。

"既然你想杀我,那么我也礼尚往来吧。"萧炎咧嘴一笑,一抹狰狞倒映在白程眼瞳之中。

身形骤然停滞,萧炎整个身体离地半寸,五指紧握,借助着身体旋转之力,猛然轰出一拳!

"八极崩!"阴冷的喝声,令白程全身瞬间僵硬,白程眼瞳之中,被凶悍无比的劲气包裹的拳头,急速放大……

嘭!一声闷响,白程在坚硬的地板上擦出一道长达几十米的浅浅痕迹,最后撞在一道墙壁上,不知死活。

第十六章
柳擎出场

　　望着那重重撞在墙壁上、不知死活的白程，满场一片寂静。先前萧炎那一拳的威势，震惊全场。许多人都在想，那一拳若是结结实实地轰在自己身上，自己这条小命还能不能留下。

　　萧炎缓缓直起身子，紧握的拳头微微抖了抖，一丝鲜血顺着指尖滴落。先前的那一击固然凶悍，也让他的拳头承受了不小的反震之力。

　　萧炎抬起头，目光扫过高台上众人表情各异的脸，轻咳了一声，这才将目光转向裁判席上的苏千。

　　苏千瞥了一眼台下不知死活的白程，苦笑着摇了摇头。受了这般重击，就算白程这次能侥幸捡条小命，也会留下难以痊愈的创伤。对此他也无话可说，毕竟先前白程对萧炎的攻击，几乎招招致命，如今这般结局，也是咎由自取。

　　与一旁几位长老对视了一下，苏千冲着维持秩序的一些导师挥了挥手，随即便有两人掠出，将躺在地上一动不动的白程抬走。

　　"这场比赛，萧炎胜。"苏千望向场中萧炎，旋即提高声音警告道，"希望下一次比试，各位都不要下这般重手，手段过分者，将会被取消参赛资格。"

毕竟能够进入强榜的学员，在内院都属于佼佼者，这等天赋的学员，若是出了差池，那可是不小的损失。再者，这些学员背景也不差，一旦人在学院中出了事，他们背后的势力定然不爽，到时候跑来内院哭诉大闹也是大麻烦。

萧炎笑着点了点头，脚尖轻点地面，身形掠上高台，无视周围那一道道注视的目光，径直落在自己的位置上。

"真是个废物，竟然这样都打不败他。"柳菲望着那似乎并未受伤的萧炎，冷哼一声，低声咒骂着无能的白程。"姚盛，你若是遇见他，可别这么丢人。"柳菲转过头，对着一旁紧盯着萧炎的姚盛道。

姚盛微微一怔，脸色有些不太自然，点了点头，道："放心吧，菲儿，只要能够遇见，定然给你讨回公道。"

"你不要小看萧炎，否则也会跟白程一样，阴沟里翻船。先前他施展的青色火焰盔甲，防御力极为惊人。"柳擎皱了皱眉，沉声道。

姚盛笑着点了点头，不过眉宇间依然有着一分阴冷与不屑。

"萧炎哥哥，没事吧?"薰儿握着萧炎的手臂，关切地问道。她能够感受到萧炎的呼吸有些粗重，显然先前的那番大战他消耗颇大。

"没事儿，只是那火焰盔甲太消耗斗气了，休息一会儿就好。"萧炎从纳戒中取出一枚回气丹，塞进嘴中，笑着摇了摇头。

薰儿盯着萧炎的脸，见萧炎脸上逐渐红润后，才松了一口气，视线转向下一场比赛，轻声道："没想到白程竟然还有这等手段，那血地八裂，至少也是玄阶中级的斗技。"

"是啊，而且那提升实力的秘法可不是寻常之物，真是出乎我的意料啊。"萧炎咂了咂嘴，道。

"哈哈，白程与白山也有些背景，其家族放在整个大陆上，虽然不是极其显赫，但是也能算作二流势力。光论实力，加玛帝国的三大家族也比之不及。这

秘法，想必是他们家族的秘传吧。"薰儿微笑道。

萧炎微微点了点头。在这内院之中，学员不管背景如何，一律平等。随便拎一个人出来，说不定其背后便是不小的势力。

"这般看来，自己是势单力薄的那类人吧？"萧炎苦笑了一声，在心中自嘲道。他没有多少背景，萧家在加玛帝国本来就没有多少势力，如今更因为得罪了云岚宗而只能苟延残喘。他唯一能依靠的，便是自己。

"萧炎哥哥一人，比任何势力都管用。一名五品炼药大师，就算是斗皇强者也得笑脸相迎，谁敢说你势单力薄？"薰儿轻轻握住萧炎的手掌，柔声轻笑道。

闻言，萧炎哑然失笑，他倒是忘记了自己最重要的身份。他拍了拍薰儿的脑袋，道："不过就算是五品炼药师，在薰儿背后势力的眼中，怕也算不得什么吧？"

"但是萧炎哥哥如此年轻的五品炼药师，大陆上可没有多少。"薰儿微笑道。

萧炎笑了笑，在宽敞的座椅上盘起腿来，缓缓闭目，收束心神，调理着因为消耗过大而有些疲惫的身体。

薰儿静静地望着萧炎平和的脸，在心中喃喃道："萧炎哥哥，下次见面，我相信你能成为真正的强者……"

战斗依然继续着，并且火爆程度比萧炎与白程的战斗更甚。其间，强榜前十的强者也现身了好几个，其强悍实力，令满场惊叹声不绝于耳。

终于轮到吴昊出场，与前面一些激烈战斗相比，这家伙赢得倒是颇为轻松。那个一星斗灵，虽然实力稍胜，但是战斗经验却远远不及吴昊。战斗开始不到十分钟，那个一星斗灵便被吴昊逮到破绽，败下阵来。

萧炎望着带着满脸不过瘾的表情回到高台上的吴昊，哭笑不得地摇了摇头。难道这个家伙要像自己那样，搞得筋疲力尽方才高兴？

"三十七号！"在广场上响起的报号声，令全场陡然安静下来，一道道目光霍然转移至高台上那面沉如水、身材高大的男子身上。缓缓睁开眼睛，犹如冬眼后苏醒的蛇,凌厉霸道的气势猛然涌出!

霸枪柳擎!

自从当年败于林修崖之手后,柳擎便从未在内院败过一次。竞技场中,那高达几十次的连胜纪录,让无数学员对其充满敬畏。

柳菲望着前方那被全场瞩目的宽厚背影,美眸之中流露着敬佩。她从未见柳擎对哪个对手低头认输,就算是林修崖这等惊才绝艳之辈,也只能令他心生忌惮。

柳菲斜瞥了一眼不远处的萧炎,嘴角挑起一抹冷笑:"不管你怎么蹦跶,在表哥眼中,也只不过是个跳梁小丑罢了!"

萧炎斜靠着椅子,目光停在柳擎身上。对于这个男人,他也极为重视。霸气无匹,就是对柳擎最好的形容。若是给予柳擎足够的成长时间,这个家伙日后必定成为斗气大陆上雄镇一方的巨擘!

嘭!来到栏杆旁,柳擎脚掌一踏地面,犹如一尊铁塔从天而降,极具视觉冲击力地重重落在场中。笔直站立,柳擎双目紧闭,双臂抱胸,也不理会周遭各色目光,静静等待着对手登场,背后漆黑的重枪在阳光照射下反射出森冷的光泽。

萧炎瞧得场中气势压人的柳擎,微微一笑,漆黑的眸子里缓缓涌上一抹火热的战意。同龄人中,也许只有林修崖与柳擎,能真正地让自己心生忌惮吧:"的确是个不错的对手。"

在满场目光注视下,一道淡蓝人影忽然掠上台。来者是一名身穿蓝衣的青年,二十四五岁,一张脸倒也算俊秀。不过此时,这张脸布满苦涩。这内院之中除了寥寥几人,其他人抽中柳擎,都会是这副哭丧表情吧。这个蓝衣青年本身实力并不弱,强榜排名也在中游,不过遇上半只脚踏进斗王的柳擎,要想取胜几乎是不可能的事。不仅场外学员清楚,蓝衣青年自己也知道,这场比赛输定了。

"参赛者已到齐,比赛开始吧。"苏千望着场中对峙的两人,一挥手,淡淡地道。

虽然心中对自己并不抱多少希望,但是蓝衣青年也是名列强榜的高手,在苏千宣布比赛开始后,他慢慢镇定了下来,眼神凝重地望着对面的柳擎,手掌一晃,一柄淡蓝长剑便出现在其手中。剑身之上隐隐有着奇异波纹。

长剑在手,蓝衣青年的气势变得凝实了许多。一股股淡蓝色的斗气从其体内急速涌出,顺着手臂,将那长剑也包裹进去,霎时间,剑身上竟然隐隐传出海浪的声音。

似是感受到对方的气势,柳擎终于缓缓睁开眼睛,平淡地扫了对方一眼,微微点头,对方还算有胆识。

"柳擎学长,谰言领教!"蓝衣青年长剑直指柳擎,沉声道。

柳擎扭过头,身体抖了抖,双臂平伸。那对手掌竟然比常人要宽大许多,它们微微蜷曲,宛如锋利兽爪。双爪随意地在面前撕扯,几道无形劲风掠下,击打在地板上,留下浅浅的痕迹。

高台上,萧炎的眼瞳微微收缩了一下,他发现柳擎没有动用一丝一毫的斗气,竟然完全是依靠肉体力量。

"这个家伙的肉体力量居然也如此强悍,果然是个强劲对手。"萧炎轻声惊叹道。锤炼肉体,比修炼斗气痛苦许多。自己若不是借助诸多外力,也难有这般力量。

谰言率先发起了攻击。他至少也有四星斗灵实力,雄浑斗气犹如海浪般在其身上涌动。

谰言清楚自己的对手是何等棘手,所以他从一开始便没有丝毫保留,斗气与速度,都在动起来的那一霎施展到极致!短短几十米的距离,谰言顷刻间便掠至柳擎面前,手中长剑被浓郁的蓝色斗气包裹,狠狠地对着柳擎刺去,锋利的剑芒沾染着水汽,显得格外森冷。

"三鲨刺！"低喝声自谰言喉咙间传出，蓝色光芒陡然大盛，隐隐有面孔狰狞、巨口大张的鲨鱼头浮现，对着柳擎冲去！

面对谰言这一记极为凶悍的攻击，柳擎的脸色依然未有多大波动，他紧紧地盯着在眼瞳中急速放大的长剑，双掌缓缓弯曲成爪。

攻击眨眼便至，谰言一声低喝，鲨鱼头张着狰狞巨口，对着柳擎的脑袋噬咬下去。

柳擎的双爪上涌上淡金色，右爪骤然探出，直接与那道凶鲨剑芒狠狠对撞在一起！柳擎手掌两根手指一曲一伸，旋即猛地一夹，那缕凶悍剑芒居然一下子被其牢牢地夹在双指之间。

"破！"一声厉喝，柳擎手掌之上淡金光芒大盛，那道剑芒，立马崩溃消散。

唰，唰！第一道剑芒被破，谰言的脸色顿时变了，他急忙振动手臂，又是两道剑芒暴射而来。两道剑芒依然是鲨鱼头形态，威势一道比一道强，那第三道足足比第一道强了三倍！这般一道强于一道的斗技，想必等级也不会低到哪里去。

"大裂劈棺爪！"柳擎眼睛微眯，双爪猛然探出，竟然再度将两道凶悍剑芒牢牢夹住，旋即将之震散。

三道足以击败寻常四星斗灵的凶鲨剑芒被柳擎如此轻易破去，饶是以谰言的定力，也不免出现了瞬间的失神。两人完全就不在一个等级上。

"比试结束。"谰言失神的一刹那，淡淡的声音突然自柳擎嘴中传出。谰言浑身寒毛直竖，旋即被轻轻一推，顷刻间，谰言的护体斗气便被破坏得一干二净。

噗！谰言脸色一白，一口鲜血径直喷出，身体擦着地面，被狠狠撞出了场外。

满场一片寂静，一道道倒吸凉气的声音此起彼伏地响起。很多人都只瞧见谰言的攻势将柳擎完全包裹，没想到这才几个眨眼，那凌厉攻势便被彻底击溃。

对于这个结局,很多人都是一头雾水。

"好诡异的爪法。"高台上,萧炎沉声道。先前谰言那三道首尾相接、一道强于一道的剑芒,被柳擎空手接下并且震碎,这般手段当真令人震撼。

"柳擎有两大绝技,一是裂山枪,二是大裂劈棺爪。这爪法是玄阶高级斗技,在柳擎手中,却有着堪比地阶斗技的威力。在这项斗技上,他已锤炼了二十来年,修炼到炉火纯青的地步。"轻笑声忽然在一旁响起,萧炎转过头,原来是不知何时走来的林修崖。

"的确很强啊。"萧炎惊叹着点了点头,对柳擎再度高看了许多,这个家伙果然极其棘手。

"哈哈,林学长能将拥有两大绝技的柳擎打败,想必实力更强。"萧炎偏头冲着林修崖一笑,由衷地赞道。

林修崖笑了笑,摇头道:"当年胜过他只是侥幸,不知道这次还能否有那般运气。这个家伙的韧性和天赋,就算是我也不得不惊叹。"说到这里,他看向萧炎,笑吟吟地道,"若是你拿出所有手段,肯定也能与我和柳擎一战。"

"林学长这倒是高看我了。"萧炎笑着摇了摇头,眉头忽然一挑,目光缓缓转向场中,只见那个如铁塔般的战神正用凌厉的目光牢牢锁定着自己和林修崖,那全场视线也随之转移到他与林修崖身上。

众人有些不解,以林修崖的实力,被柳擎如此重视倒也没什么,可萧炎是内院的新秀,怎能与林修崖这等真正的实力派人物相比?

在柳擎之后,陆陆续续又有不少强者出场,其中最令人瞩目的,无疑便是林修崖。结果却有些令人哭笑不得,他的对手并未出场,直接选择了认输。因此,他便成为晋级最轻松的一人,这让想要探探林修崖底细的柳擎、萧炎等人有些失望。

第一日的二十五场比试,足足从早晨持续到晚上,才在众人意犹未尽的目光中宣告结束。

不过，众人也清楚，真正精彩的战斗，并不是第一日的淘汰赛，而是第二日乃至第三日的战斗！经过这轮淘汰赛，留下来的只有二十五人。能够走到这一步，其中没有一个庸手。

随着夜色的来临，经历了一日喧哗的内院，终于恢复了寂静。星星点点的灯火点缀在庞大的内院中，在这崇山峻岭中分外显眼。

安静的房间里，月光从窗户洒进，在床榻之上盘腿而坐的萧炎，正紧闭着眼睛，呼吸悠长而平缓。周围一缕缕能量源源不断地随着其呼吸钻进体内，经过提炼，为那晋级大业增添一砖一瓦。

修炼持续了两个小时左右，萧炎缓缓睁开双眼，一口憋在胸口许久的浊气被吐了出来，萧炎的脸上顿时浮现一层淡淡的光泽，因为白日激烈战斗而变得苍白的脸色，此刻彻底转为红润。

萧炎感受着体内再度澎湃涌动的斗气，微微一笑，那白程拼着命想让自己受伤的打算还是落空了。以焚诀的奇效，再加上各种丹药，只要不是受重伤，短时间痊愈并非难事。

"明日的比赛，肯定比今日更加凶险。"萧炎沉吟道。能够进入前二十五名的，除了吴昊等极少数人，无一不是真正的强者，可比白程强多了。

"柳擎的大裂劈棺爪，威力真是恐怖，恐怕连我的八极崩都赶不上。"萧炎轻叹道。虽说两者都是玄阶高级的斗技，但是自己修习八极崩不过两三年时间，而柳擎却锤炼了至少二十年，这如何能比？何况，柳擎本身实力就远超过他。

萧炎眼神微微闪烁，片刻后，他下定决心，恶狠狠地自言自语道："管他呢，不管遇见谁，都必须全力以赴。前十的名额，我必须占一个！"

在距离萧炎房间不远的一间幽静房间中，一个少女在月光之下亭亭玉立，在其身后，一位老者垂手而立。

"小姐，一个月时间已经到了，您还不离开吗？"沉默持续了片刻，老者抬起头来道。看那张面孔，是一直守护着薰儿的凌影。

薰儿微不可察地颤了一下，半晌，她幽幽地叹息道："再等几天吧，等萧炎哥哥顺利取得大赛前十，我便能安心离开了。"

凌影无奈地点了点头，也不再多说，身体一扭，化为一道阴影消失在黑暗之中。

薰儿依然如石雕般站立在窗前，美眸蕴含着情意，透过窗户，停留在不远的一个房间，那里还亮着灯。

今夜，多人无眠。

翌日，在无数人的期盼中姗姗而至。当第一缕晨晖从天际洒落时，安静的内院再度沸腾起来。众多学员在简单吃过早餐后，便成群结队地向着广场飞奔而去。庞大的广场，在短短两个小时内便被学员迅速占满。

在学员们到达广场半个小时后，各位长老也陆续到席。当大长老苏千入座之后，这第二日的比赛，正式开始！

"经过昨日的淘汰，参赛者只留下二十五人，需要重新抽签。"裁判席上，苏千淡淡的笑声在每一个人的耳中清晰地回荡着，"不过这次有一人轮空，今日只会有十二场战斗。"

苏千的话，在看台上引起了一阵骚动：有一人轮空？不知道谁是那个幸运儿。

"哈哈，为了公平起见，经过我们长老共同商讨，这个轮空名额给紫妍。"苏千笑道。

参赛者所在的高台上，所有人都点了点头。反正那个小怪物肯定会晋级，也没人想在这一轮撞上她。

"各位参赛者，对此可有异议？"目光转向高台，苏千问道。

众人齐齐摇头，那副整齐模样，令看台上的众人错愕不已。

"哈哈，既然如此，那就开始抽签吧。"苏千笑着点了点头，指着石台上的竹筒道。

闻言，参赛者立刻掠上场，依序从竹筒中取出了竹签。

"七"，萧炎随意地瞥了一眼自己竹签上的号码，旋即便跟着众人回到高台，安静地等待着接下来的战斗。

"强榜大赛第二轮第一场，三号！红底签三号与蓝底签三号上场！"瞧得众人抽签完毕，苏千一挥手，喝道。

随着苏千喝声的落下，两道身影从高台之上掠下。萧炎听完身旁吴昊的介绍，对场中两人有了些了解：一人强榜排名二十，一人排名二十二，相差不大，都有些狠辣手段，也有不少看点。

"比赛开始！"苏千淡淡的声音，顷刻间将场中剑拔弩张的气氛彻底引爆！

战斗一开始，双方便直接展开凶悍的正面碰撞，一道道气浪对着四周席卷而去，宛如狂风。萧炎紧紧地盯着场内的战斗，微微点头。能够走到这一步的学员，果然都有着过硬的本事。

"喂，萧炎。"有人拍了拍萧炎的肩膀，熟悉的声音在其耳边响起。

萧炎转过头，看见身后的林焱一脸鬼鬼祟祟，不由得笑道："怎么了？你不去准备接下来的战斗，来这儿干吗？"

"嘿嘿，我可是为你好，你的号码是七号吧？"林焱一屁股坐在其身旁，笑道。

"嗯。"萧炎点了点头，有些疑惑地看着他。

"看来你没有遮掩自己的号码。你的对手本来是一个排名二十四的家伙，不过正好那人也是柳擎一派的，所以他的号码被姚盛换走了。"林焱摊了摊手，道，"你的对手已经换成姚盛，看这模样，他是打算在比赛中好好教训你。"

"哦？"眉头一挑，萧炎错愕地道，"换号码不违反规定？"

"第二轮的比赛号码都不公开，大多数人对自己的号码守口如瓶，没人像你一样将号码随便露出。"林焱撇了撇嘴，从怀中取出竹签，冲着萧炎扬了扬，笑

道,"要不,我们换一个吧?我这对手是个排名十九的家伙,虽然也挺强,但是比不上姚盛。"

萧炎有些感动,望着林焱微微一笑,将林焱手中的竹签推回,说道:"正好我也看那家伙不顺眼。他主动找上门,我退避的话,岂不是让人看笑话?"

"你有信心?以那家伙如今的实力,至少能进入强榜前十五啊。"见萧炎拒绝,林焱皱眉道。

萧炎笑着拍了拍林焱的肩膀,转过头来,目光投向高台的另外一边,姚盛正好也看了过来,阴冷的目光中带着不屑与挑衅。

第十七章
击败姚盛

第二轮比赛的激烈程度远超第一轮,能够走到这一步的人,实力都极强,要获取胜利,就得拼尽全力,有的甚至拼到两败俱伤,方才侥幸以微弱的优势胜出。

随着第二轮比赛如火如荼地进行,参赛者一个接着一个上场。在经过极为激烈的比试之后,有人欢喜,有人愁。

高台上,萧炎望着场中被对方压制的吴昊,忍不住叹了一口气。今天吴昊有些倒霉,抽到的对手,竟然是一名强榜前十的顶尖高手。饶是吴昊使出拼命三郎的劲头,也免不了一步步地落入下风,局势几乎已经完全掌握在对方手中。

"吴昊能走到这一步已经不错了,如果遇见二十名左右的对手,倒还能拼一拼,可运气差了点,撞见了一名强榜前十的高手。不过败在对方手中,想必吴昊也不会感到惋惜。"薰儿摇了摇头,笑着说。

"嗯。"萧炎笑着点了点头,吴昊本就没有冲着前十而来,他参加大赛的主要目的,是想与内院真正的强者较量。如今他的对手,已经彻底满足了他这个

心愿，所以就算败了，他也不会伤心。

"倒是萧炎哥哥要小心姚盛，这人有几分麻烦。"薰儿柔声提醒道。

"放心吧。"萧炎微微一笑。他曾经与姚盛交过一次手，再加上林修崖的提醒，因此，他对此人颇为了解，自然不会心存小觑。

"全场二十四人，也就是说经过今天的比赛，还能留下十二人。按照大赛的特殊规矩，这十二人中，将会随机选出六人展开交锋。胜者，便能与另外幸运的六人直接进入前十。"薰儿轻声道。

"哦？这么说的话，岂不是未被抽中的六人，能够不经过比拼，便能进入前十？"闻言，萧炎错愕地道，"这对于被抽出的六人来说，是不是有点儿不公正？"

"哈哈，哪儿有绝对的公正。具备实力之人，也需要一点儿运气。"薰儿嫣然笑道。

萧炎苦笑着点了点头，忽然挑眉道："六人比试，胜者三人，加上未比试的六人，似乎还少一人？"

薰儿轻笑一声，道："你忘了那一直说要护着你的紫妍了？以她的实力，第一的位置，怕是无人能撼动吧？"

萧炎一怔，旋即莞尔点头，他倒是将这个最重要的小家伙给忘记了。萧炎转头将目光投向场中，苦笑了一声。此时的吴昊，已经彻底没有反击之力。在一次斗气对轰后，其身体上的雄浑斗气顷刻间被击散，幸好对手下手并不狠，仅仅是将他震出场外。

吴昊颇为干脆，对着台上的获胜者一抱拳，然后揉着手臂上发青的地方，咧嘴笑呵呵地回到了高台上。

"那家伙可真强，不愧是强榜前十的高手，我拼尽全力，在他手中也只能坚持三十个回合，而且这还是对方留有余地。"上台后，吴昊冲着萧炎等人道。

"没事吧？"萧炎望着吴昊满脸舒畅的表情，摇了摇头，这个家伙，被打成这样还如此兴奋。

"嘿嘿，皮肉伤，休息几天就好。"吴昊不在意地摆了摆手，刚欲说话，忽然听到从裁判席传出的苍老声音："下一场比赛，七号！"

"咦，好像该你上场了。"吴昊推了推萧炎，嘿嘿笑道。

没想到这么快便轮到自己，萧炎缓缓偏过头来，目光扫向高台另一侧——姚盛阴柔的脸上布满阴笑。

"那家伙还真是嚣张。"吴昊撇了撇嘴，拍着萧炎的肩膀道，"可别输了，不然以那家伙的性子，少不了一番大大的羞辱。"

"放心，他没这机会。"萧炎盯着姚盛，冷笑道。

"萧炎，可别输了。"一道轻笑声在不远处响起，萧炎偏头一看，原来是林修崖等人。萧炎冲着林修崖等人拱了拱手，脚尖轻点地面，淡淡的银芒在脚底出现，低沉的雷鸣声中，一道黑影骤然掠至场中。

望着出现在场中的萧炎，看台上众人先是一怔，旋即满脸惊喜。经过昨日萧炎与白程的那番激烈战斗，再没有人对萧炎的实力有所置疑，瞧见他再次出场，都有一种又要大饱眼福的兴奋。

"哼，出场倒是挺快。"柳菲冷笑着望着萧炎，不屑地一撇嘴，转头对着跃跃欲试的姚盛道，"你若是输给那家伙，以后就别在我身边出现。"

姚盛阴柔的脸上浮现一抹狠辣："放心吧，菲儿，我一定当着你的面，把那家伙打得跪地求饶。"

柳菲满意地一笑，对于姚盛的实力，她从未怀疑。目光投向对面的青衣少女，她在心中恶狠狠地道："小贱人，看萧炎被打败后，你还有什么好嚣张的！"

"小心点，萧炎可不是寻常对手。"一直闭目养神的柳擎皱了皱眉头，睁开眼看着即将出场的姚盛，沉声道。

"老大，放心吧，这种货色不需要你亲自出手，有我足够了。"对于柳擎一直这么高看萧炎，姚盛颇有些耿耿于怀，他要让柳擎知道，这个家伙不过就是

　　一只纸老虎，一戳就破，根本不值得惦记。说完，姚盛纵身一跃，径直跳下高台，在即将落地时，双脚下两股略黑的斗气涌出，令其下降速度减缓许多，最后双脚轻轻沾上地面，未溅起半点儿灰尘。

　　"竟然是姚盛？据说他如今足以排进强榜前十五，这可是一个真正的劲敌啊。"

　　"是啊，姚盛比起白程强了不少。这场比赛，很有看头。不知道萧炎还能不能继续晋级。"

　　"姚盛那家伙的斗气，就是一些强榜前十的高手也颇为忌惮呢！这次鹿死谁手，还真看不出来。"

　　萧炎并未在意周围的窃窃私语，他缓缓握上肩膀处的玄重尺柄，旋即猛然挥下，发出尖锐的破风声。萧炎抬起头，看向对面正冲着自己不怀好意地冷笑的姚盛。姚盛三番五次挑衅，早已经令萧炎忍无可忍。当初他撂下狠话，大赛上见真章，如今真的碰上，他自然不会有丝毫手软。

　　"幸运的家伙，一路走来，竟然这般顺利。你的好运，就让我来终结吧。"姚盛微眯着的眼睛掠上阴冷寒光，双手一翻，两把漆黑的匕首凭空出现。匕首约半尺长，短柄之上，有几个造型古怪的凹槽，凹槽之内隐隐泛着暗红色，犹如凝结的鲜血，透着一股血腥味。短刃泛着瘆人的寒芒，匕首尖隐隐有一点儿极为深沉的淡紫色，分明是涂有剧毒。匕首被飞快地舞动，宛如两条漆黑的毒蛇，极为灵活与毒辣。

　　听到姚盛的冷嘲热讽，萧炎的表情并未波动，他只是淡淡地瞟了对方一眼，便将目光投向裁判席上，等待着比赛的开始。

　　见萧炎又是这副令他极其生厌的平淡模样，姚盛的脸色越发阴沉，两把匕首缓缓交叉，轻轻一划，火花迸射而出。

　　苏千缓缓站起身，目光扫过场中两人，片刻后，手掌轻挥，琅琅的声音，在全场所有人期盼的目光中响了起来："比赛……开始！"

场中率先发动攻击的是姚盛，略黑的斗气猛然爆发，其身形化为一道模糊影子，朝着萧炎闪电般掠来。不得不说，这个家伙的确有一些嚣张的本钱，光是这般速度，便已经令萧炎略感诧异。

看姚盛的武器便可以知道，他极其擅长近身攻击，而萧炎的尺子虽然威力强悍，但是需要施展的空间。

就在姚盛离萧炎三米远时，他终于行动了。只见其脚下银光闪烁，其身形犹如瞬移一般退后几步，手中玄重尺猛然横削，尖锐的破风声，呜呜地响个不停。

姚盛感受到迎面而来的劲风，冷笑一声，脚尖一点，身体陡然上蹿，手中双匕对着下方狠狠刺去。

叮！双匕重重地刺在刚好从姚盛身下削过的玄重尺之上，火花四溅，双匕轻易地将玄重尺压了下去。虽然匕首并不擅长硬攻，但是姚盛的真实实力远胜萧炎，因此小巧灵活的匕首，能够将蕴含着极强力量的重尺压下。

姚盛双臂一弯，借助着反弹力量，身体凌空一翻，双脚朝天一蹬，身形犹如捕食的苍鹰，闪电般直射萧炎脑袋。

萧炎眉头一挑，脚下银光闪烁，身形瞬间后退几步，手中玄重尺自下而上地狠狠撩去。姚盛在半空中犹如水中的鱼儿，奇异地一扭，玄重尺刚好贴着姚盛的身体险险地擦过。萧炎收尺后退，抬起头来，瞧见那姚盛已经落到地面，安然地站在自己面前不远处。

姚盛轻轻搓动手中两把匕首，望向萧炎，表情多了一分凝重。在先前闪电般的交锋中，萧炎丝毫未能让他占到半点儿便宜。

"不能总是斗得不分上下啊，不然菲儿得不高兴了。"姚盛心中念头急转，"对方的速度与战斗经验并不亚于自己，我的优势便是实力比他强，那么，便用实力碾压他吧！"

姚盛一抖身体，一股泛着点点腥味的黑色斗气，猛然自其体内涌出，在其

周身缭绕。这黑色斗气颇为怪异，看上去似乎有些黏稠，竟有黑色水珠从中滴落在地板上。旋即有一股压迫感笼罩了半个场地。在这种压迫之下，实力弱于姚盛的人，不论是速度还是斗气恢复，都会减弱一些。

当然，这种压迫对萧炎没有多少效果，经过异火淬炼而变异的斗气，能够彻底地屏蔽这种压迫。青色斗气缓缓从萧炎体内蔓延而出，占据着场中的一处小角落，赛场的其他地方则完全被姚盛的气势极为霸道地占据。

气势交锋，萧炎完完全全地处在下风，这便是实力差距导致的。

萧炎淡淡地瞥了一眼姚盛，双手缓缓结出奇异手印，轻喝声在心中响起："天火三玄变——青莲变！"

喝声落下，澎湃的青色火焰猛然从萧炎体内涌出，将其包裹成一个火人。片刻后，火焰闪电般地缩进萧炎体内。随着火焰的回体，萧炎体内斗气暴涨，一头黑发无风自动，那股气势也水涨船高，居然能够与姚盛分庭抗礼。

"旁门左道！"姚盛脸色一变，嘴上却不屑地冷笑道。

"能打败你的，就是正道。"萧炎回以冷笑。施展了天火三玄变，他在斗气的雄浑程度上，已经不比姚盛逊色。现在再也不用担心自己的全力一击，会被对方用匕首压制。

"姚盛，你可不能输给这个废……他！"高台上，望着那气势暴涨的萧炎，柳菲顾不得许多，跳起来大声喊道。她口中的那个"物"字还未喊出来，便察觉到对面有一道冷若冰山的目光射来。她飞快地一瞥，原来又是那个叫作薰儿的青衣少女。柳菲看见对方那隐隐闪烁着金色火焰的冷漠眸子，心中升起一股寒意，只好将"物"字咽下。

"哼，得意个什么劲儿？等那个废物败在姚盛手中，看我如何羞辱他！我有表哥护着，还怕你个小贱人？！"柳菲脸色铁青地坐回椅子，在心中恶狠狠地诅咒道。

听得高台上柳菲的声音，姚盛盯着萧炎的目光，变得阴冷许多，脚尖微旋，微不可察的黑芒在脚底凝聚。片刻后，他脚尖猛然一点地面，嗖的一声，瞬间逼近萧炎。

咻，咻……进入攻击范围，姚盛没有丝毫迟疑，手臂急速抖动，两把匕首犹如两条毒蛇，在半空中划出一道道残影，对着萧炎全身狠狠刺去。

脚下银芒闪烁，萧炎借助着三千雷动在小范围内轻巧移动，手中玄重尺犹如一块盾牌，将整个身体护住。匕首源源不断地刺在玄重尺之上，响起清脆的叮叮声，犹如一首奇怪的乐曲。

萧炎紧紧地握着重尺，手臂上青筋耸动。那匕首看似轻巧，落在玄重尺上，却宛如重石一般，再加上如此密集的攻击，萧炎也不禁感到手腕发麻。

不过，好在如此密集的攻击，极为消耗姚盛的斗气。这阵狂风暴雨般的攻势在持续了五分钟左右后，终于逐渐减缓，再过得片刻，匕首残影骤然消失，玄重尺上的压力也顷刻消散。

玄重尺狠狠地一个横抢，萧炎退后几步，胸膛起伏不定，望着对面不断喘着粗气的姚盛，再低头瞟了一眼玄重尺，上面密密麻麻的细小白点，让他头皮发麻。

"这个家伙，的确有一些本事。"萧炎缓缓地吐出一口气。经过交锋，他对于姚盛的战斗手段，倒是了解了一些。

"姚盛，用全力啊，不要跟他磨磨蹭蹭！"

听得高台上再度响起的催促声，姚盛一皱眉头，无奈地叹了一口气，目光阴沉地盯了萧炎一眼，又是一股浓郁的黑色斗气从其体内涌出，将整个人包裹其中。黑色的斗气不断扩散，最后形成一个庞大的斗气团，斗气团有节奏地不断收缩膨胀，犹如正在孕育着什么东西。

"黑水界！"低沉的喝声突然从黑色斗气团中传出。旋即，黑色斗气团猛然高速旋转起来，呜呜声响回荡在整个场地中，无数黑色液体自其中飙射而出，几乎洒满整个场地。

萧炎也不敢让其沾身，他急速后退，闪避着那些射来的黑水。萧炎身体骤然一顿，急忙低头，却发现自己的双脚不知何时已经踩进了一摊黑水中。

萧炎使劲想抽出双脚，却发现这诡异的黑水中竟然蕴含着一股不弱的吸力，而且还有着极强的腐蚀性。眨眼工夫，自己的鞋子便被腐蚀掉了一层底，若非他反应快用斗气将脚底包裹，整个鞋子都会在顷刻间被腐蚀掉。

"整个场地都是我的地盘，看你如何落脚！这场比试，你输了！"姚盛发出一声冷笑。萧炎眼瞳一缩，只见面前黑水暴溅，姚盛的身形从中诡异射出，手中锋利的匕首狠狠地对着自己的双臂削来。

高台上，众人望着被黑水吸住而动弹不得，只能硬扛姚盛攻击的萧炎，发出一道道惊呼。

就在姚盛即将击中目标时，一股狂风迎面袭来，匕首落下处，却是空空如也。一击落空，姚盛急忙伏下身体，贴着黑水来了几个诡异扭动的动作，退后了十几米方才抬起头，却错愕地发现，场中并无萧炎的身影。

姚盛阴沉着脸，突然看见黑水中的倒影，身体瞬间僵硬，猛地抬起头来！旋即只见黑袍青年悬空而立，背后一对硕大的紫黑双翼缓缓扇动，恍若天神。

"斗……斗气化翼？"

不仅是看台上，就是高台甚至裁判席上，都有一道道倒吸凉气的声音传出，所有人的目光中都充斥着震撼。

苏千也有些惊愕。不过其眼光远非其他人可比，当他的目光再度从萧炎背后的双翼扫过时，恍然大悟："原来是飞行斗技，嘿，没想到这小子连这等稀罕斗技都能够弄到手。"

"还好……差点儿真以为这小子已经成为斗王了呢。"一些长老悄悄地抹了一把额头上的冷汗，在心中嘀咕道。他们拼死拼活修炼了好几十年，才达到斗王，若是下面那个青年连二十岁都不到便也达到这地步的话，那他们真是有种悲愤的感觉了。最可怕的是，这个小家伙还是一名五品炼药师。

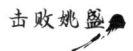

高台上也有少数人辨认出萧炎背后的双翼是飞行斗技,皆松了一口气,转而又有些艳羡。这飞行斗技虽然比不上真正的斗气双翼,但是也能够令人在天空飞行,这可是不少人一直追求的。

"原来是飞行斗技……"姚盛也逐渐冷静下来。他能够清晰地感应到,萧炎的气息根本未达到斗王的层次,再仔细瞧了瞧那对紫黑色翅膀的形态,心中也是恍然。只要萧炎没有真正地达到斗王,就算他有飞天的优势,姚盛也不会惧怕。

姚盛双脚立于几乎将整个场地都覆盖的诡异黑水之中,抬头望着天空上的萧炎,冷笑道:"我就不信你能一直待在天空中。据我所知,持续施展飞行斗技,可是需要消耗不少斗气。"

天空中,萧炎紧握玄重尺,看向下面的场地,紧皱眉头。就如姚盛所说,此刻的场地几乎成了他的地盘,萧炎只要一落地,就会沾上那诡异的黑水。虽然萧炎能够将腐蚀隔绝,但是那股吸力,会阻碍他的速度,在面对着姚盛这等敏捷型的对手时,速度稍稍减弱,就会落入下风。

姚盛紧握漆黑双匕,望着悬浮在天空上的萧炎发出一阵冷笑,身体纹丝不动。若是强行跳至空中攻击,会成为对方的靶子,所以不动是最好的选择。

"的确挺麻烦的。"背后双翼缓缓振动,萧炎的身形降低了许多,青色斗气在体表形成淡淡的能量膜,漆黑玄重尺也被斗气彻底覆盖。萧炎紧盯着场中的姚盛,淡淡的银光突然在其脚下生成,他背后双翼猛地一振,又将三千雷动催动到极致,天空中只留下一道残影。

姚盛脸色一变,萧炎人还未到,劲气已令地面上的黑水飞溅而起。眼瞳之中陡然出现模糊黑影,姚盛左脚一踩,犹如溜冰一般,极为灵活地在黑水之上滑动,玄重尺贴着他的脸擦下,让他的脸一阵火辣辣地疼痛。

玄重尺落空,萧炎强行止住下劈的玄重尺,尺身一扭,变劈为扫,对着姚盛腰腹处斩去。

　　这大大出乎姚盛的意料，他被惊出了一身冷汗，关键时刻，双脚不小心滑了一下，身体径直向后倒下，重重地落在黑水中，居然巧妙地将重尺避开。

　　姚盛落进黑水中，不仅没有受到半点儿吸力阻碍，反而如同鱼儿，身体趴在水中一阵诡异游动，瞬间便出现在离地两米的萧炎身下，双臂一抖，漆黑的匕首犹如毒蛇，直刺萧炎胸膛。

　　嘭！在匕首即将刺到萧炎身体时，突然一股强风刮下，姚盛攻势一滞，而萧炎则借助着风力，再度振翅跃上半空，脱离了姚盛的攻击范围。

　　"喊！"好不容易找到的攻击机会落空了，姚盛忍不住抽搐了一下嘴角。

　　电光石火间，萧炎与姚盛又再度完成了一轮凶险攻防，也都对对方有了一些大致了解，比如萧炎的双翼、姚盛在黑水中的速度和身法等。

　　"这家伙在黑水中不仅没有受到吸力影响，反而变得更加灵活了，如同入水的鱼。"萧炎皱着眉头望着场中一直紧贴着黑水的姚盛。先前姚盛在黑水中展现出来的诡异灵活，完全出乎他的意料，若非他在最后关头施展吹火掌令对方攻势减缓，恐怕这轮试探，自己反而会受伤。

　　"这家伙在黑水中的战斗力提升了一大截，看来必须将这些黑水解决掉。"萧炎心中念头急转，"不管这些黑水如何诡异，可终归是水，那就烧干你！"

　　萧炎没有丝毫迟疑，十指轻弹，一缕缕极为细小的青色火焰从指尖掠出，场中温度猛然升高了许多。

　　姚盛望着天空上星星点点的青色火焰，脸色一变，特别是当他的目光扫到萧炎嘴角的一抹冷笑时，心里更是一沉。

　　"去！"天空上，萧炎屈指一弹，十几缕细小的火焰便飙射而下。

　　姚盛身形一扭，急忙闪避。然而，这些火焰并未对着姚盛射去，而是在场地上方半尺处急速地来回穿行。在青莲地心火那恐怖的温度之下，弥漫地面的黑水，竟然以肉眼可见的速度开始蒸发。

　　高台上，不少人都暗中赞叹了一声，没想到萧炎竟然会用这种方法克制姚盛的黑水界。他们之中不少人与姚盛交过手，没有飞行斗技的他们面对着极为棘手的黑水界，并不能飞上天空躲避，只能强行抵御吸力与腐蚀力的影响。这般分心，除非实力远胜姚盛，否则迟早会被姚盛拖垮。

"哈哈，这萧炎的手段，果然是令人目不暇接啊。失去了黑水界的姚盛，怕是在速度上要被萧炎压制了。"林修崖盯着场中将近少了一半的黑水，忍不住笑道。

"这种手段也就萧炎能用吧。那黑水中混杂了姚盛的斗气与特殊毒素，寻常火焰难以应付。"韩月点点头道。

"那火焰的确很厉害。"林修崖瞥了一眼青色火焰，眼中掠过一抹凝重。

在高台的另外一边，柳擎皱着眉头望着场中急速减少的黑水，摇了摇头，沉声道："姚盛要有麻烦了。"

闻言，一旁的柳菲顿时急了，又欲站起来喊话。柳擎脸色一沉，低喝道："给我坐下！看个比赛，大喊大叫像什么样？"

被柳擎呵斥，柳菲只得满腹委屈地坐回椅子，用恶狠狠的目光盯着悬浮在半空的萧炎，低声骂道："不就是仗着有个飞行斗技嘛，有什么好嚣张的？"

"只要能够打败对手，就不是取巧。真正的死斗，死者是没有任何辩驳机会的。"柳擎望向场中的目光突然一凝，叹息道，"姚盛的黑水界，算是彻底遇见克星了。"

随着柳擎话音落下，场中最后一摊黑水，也在青色火焰的炙烤下化为一片虚无。天空中，萧炎一招手，青火被其收进体内。他淡淡地望着脸色铁青的姚盛，背后双翼一振，手中玄重尺再度被雄浑斗气包裹："接下来，看你还有何手段！"

姚盛望着天空上嘴角挂着一抹戏谑笑容的萧炎，脸色一片铁青，紧握双匕，冷哼一声道："就算没了黑水界，一样能赢你，你那提升实力的秘法还能坚持多久？"

"收拾你足够了。"萧炎轻笑了一声,手臂一抖,雄浑的青色斗气挟带着一缕难以察觉的青色火苗蹿上玄重尺,紧盯着下方全身紧绷的姚盛。双翼猛地一振,只听得半空中响起唰的一声,旋即一道模糊黑影便诡异地出现在姚盛背后,玄重尺狠狠地对着其头顶力劈而下。

姚盛双脚重重一跺,一道漆黑水流猛地从其脚底涌出,与那重尺轰然相撞。两者刚一接触,玄重尺便摧枯拉朽般地将漆黑水流蒸发成黑雾,然而当玄重尺落下时,其下却空空如也。原来,借助黑水阻拦片刻,姚盛已经施展身法退后了几米。

一脸阴狠的姚盛闪电般再度扑来。漆黑双匕在十指间急速旋转。见姚盛竟然正面攻来,萧炎一挑眉头,体内斗气犹如奔腾的河水,源源不断地在经脉之中急速流淌,给身体各个部位带来最为充盈与强大的力量。他发出一道低喝声,将玄重尺狠狠地向前刺去。

就在双匕即将与玄重尺接触时,姚盛突然诡异一扭,以一种怪异的姿势贴着玄重尺旋转了几圈,手中锋利的双匕对着萧炎手掌削了过去!

在满场惊呼时,只有少数人皱了皱眉头,以萧炎的战斗经验和速度,怎么会如此轻易就让对方进入自己的攻击盲区?

柳菲望着险象环生的萧炎,激动得满脸涨红,差点儿欢呼出声。坐在一旁的柳擎,却死死地盯着萧炎的面孔。当他发现萧炎的脸上没有露出一丝慌张,而是含着淡淡冷笑时,心中微微一沉。

就在匕首贴近萧炎时,萧炎终于有所动作。他并没有反击,而是令人意外地松开了手中玄重尺,玄重尺重重地摔落在地,发出清脆的声响。失去武器,战斗还能进行吗?一些抱着这种想法的人,忽然想起当初萧炎与白程在竞技场中战斗的场景——失去了玄重尺的萧炎发挥出的实力,更甚之前!

萧炎放弃武器令姚盛狂喜,手中匕首陡然被黑色斗气笼罩,一丝丝黑气缠绕其上,发出一股诡异的腥臭!

"湮幻刺！"双匕急速抖动，那一丝丝缠绕其上的黑气宛如具有灵性的毒蛇，铺天盖地地向萧炎射来，每一丝黑气，都具备了洞穿巨石的力量。

萧炎心中清楚，这些黑气不仅威力惊人，而且还蕴含着剧毒。他双手闪电般地在身前结出印结，一声轻喝，一簇簇青色火焰急速涌出！萧炎的身体再度被火焰包裹，青色火焰眨眼间便凝成了一副青色盔甲。

哧，哧……

黑气重重地撞击在火焰盔甲上，不断地响起哧哧声，原本足以洞穿巨石的劲道，只令火焰盔甲凹陷了一些。两道寒光以迅雷不及掩耳之势，狠狠地刺在火焰盔甲之上，两道清脆的金铁交击声在场中响起。

即使青火盔甲极其坚固，两把漆黑匕首也依然刺入半指长。不过也只能到此了，盔甲之上极为炽热的温度，瞬间便令漆黑匕首变得火红，而姚盛紧握着匕首的手掌，也哧哧地冒起一阵白气，骇得他急忙调动斗气将手掌包裹，不过即便如此，依然感到灼痛愈加强烈。姚盛狠狠地一推匕首，却纹丝不动。无奈之下，他只好急忙松手后退。后退之时，姚盛紧盯着那全身都被包裹在火焰盔甲之中的萧炎，隐约瞧见那头盔下闪过了一道戏谑的目光。

青火斗气猛然高涨，萧炎头上的火焰头盔瞬间消散，露出了萧炎的脸。他鼓着嘴巴，手中飞快结印。

"不好！"姚盛心里猛然一沉。

萧炎陡然停止结印，鼓起的嘴巴猛地一张，一道虎啸声震耳欲聋地在场中响起："狮虎碎金吟！"

一圈音波闪电般扩散，瞬间便追上了姚盛。姚盛感到一阵眩晕，胸口发闷，一口鲜血涌上喉咙，从嘴角溢出。

在这突如其来的声波攻击之下，姚盛终于受了不小的创伤，并且还出现了眩晕。以萧炎的性子，绝对不可能放过这个机会。萧炎脚底银芒闪掠，雷鸣声响起，众人眼前一花，他的身影便鬼魅般出现在姚盛面前。

仅仅几个呼吸的时间,姚盛便恢复清醒,但萧炎已至面前,来不及做出应对,低沉的音爆声响彻广场:"八极崩!"

"姚盛输了!"柳擎与林修崖同时说道,只不过前者脸色阴沉,后者则是一脸笑容。

听到柳擎的话,先前还一脸激动、期盼着姚盛将萧炎打得跪地求饶的柳菲,脸色瞬间变得苍白,不断地念叨着:"怎么可能?怎么可能?……"

嘭!

被雄浑斗气包裹的拳头,重重地轰击在一脸惊骇的姚盛的胸膛之上。拳头一旋,翻江倒海的劲力倾泻而出。

噗!

胸膛之处传来剧烈疼痛,姚盛的脸立即涌上一股异样潮红,片刻之后,喷出一口殷红鲜血,身体倒射而退,最后重重地落在场地之外。

姚盛喷出的鲜血在距离萧炎的身体还有两三尺时,便被火焰蒸发。萧炎身体表面上的青火盔甲一阵蠕动,旋即迅速化为虚无。萧炎缓缓迈开脚步,淡漠地望着场外一脸惨白的姚盛,平静的声音在场中回荡着:"你输了。"

满场窃窃私语戛然而止。一道道蕴含着各种情绪的目光不断地在场中挺拔而立的萧炎,以及场外脸色惨白、狼狈不堪的姚盛身上来回移动。

寂静持续了片刻时间,突然一道清脆的掌声响起。旋即犹如连锁反应,整齐轰鸣的掌声,在场中沸腾,直冲云霄。

萧炎抬起头来,望向薰儿。这妮子嫣然一笑,纤手优雅地拍出动听的掌声。先前第一个拍掌的,便是她。萧炎冲着薰儿一笑,视线投向柳擎等人。柳擎的目光与其接触了一下,不着痕迹地点了点头,便淡淡地移开视线。至于一旁咬牙切齿、不断咒骂的柳菲,则被萧炎无视了。

"此局比试,萧炎胜!"裁判席上,苏千微笑着站起身,环视全场,缓缓说道。

随着苏千话音的落下，掌声再次响彻全场，那些望向场中黑袍青年的目光，带着不加掩饰的敬畏与尊崇。这一路走来，萧炎展现的实力，已经彻底令他们信服。

萧炎瞥了一眼面如土色的姚盛，背后双翼轻轻一振，身形拔地而起，飞上高台，肩膀一颤便收回了双翼。

"萧炎，真是好样的，现在看那家伙还能如何挑衅。"吴昊满脸惊喜，重重地捶了萧炎一拳，笑道。先前的战斗简直可以说是跌宕起伏，他不知道暗中把心提起、放下了多少遍。

"没想到你这家伙竟然还藏有这种罕见的飞行斗技。"琥嘉走到萧炎背后，一脸羡慕地道。

萧炎笑了笑，目光投向身前的青衣少女，见薰儿美眸中噙着笑意与温柔。

"哈哈，萧炎，恭喜啊，打败了姚盛，很有希望进入前十。"爽朗的笑声在身后响起，萧炎回头一看，原来是林修崖一行。

"运气好罢了，若不是刚好有手段克制他的黑水界，想胜恐怕也不容易。"萧炎摇了摇头，笑道。

"你有飞行斗技，他那黑水界对你没什么作用。"林修崖不着痕迹地瞟了一眼萧炎背后，"你如今打败了姚盛，大大打击了柳擎那一派的气焰啊，以后一定再无人敢小觑你了。"

"我只是想进入前十而已。"萧炎笑道。他可不想介入林修崖与柳擎两方势力的较量之中，他参加强榜大赛，仅仅是想得到前十名额，从而获得进入天焚炼气塔底层的资格。既然第一与第十都有资格，那么只要能拿到第十名就行。

林修崖笑了笑，听出了萧炎的话外之音："哈哈，等大赛结束后，我们或许还会去深山一趟。到时候若你也有兴趣，可以一起，那东西对你也有极大的好处。"

听林修崖再度提起地心淬体乳，萧炎心头一跳，面上却不动声色，随口敷

衍道："到时候再看吧，不过那畜生实力太恐怖了，想要得手，怕是不太容易。"

"试试吧，那东西十分珍贵。"林修崖叹了一口气，尽管明知成功率颇低，他还是不愿放弃。

萧炎点了点头，随意地与林修崖交谈了几句，便被场中激烈的交锋吸引了。

之后的比赛依然精彩凶险，能够走到这一步的每一个学员，实力都是内院拔尖的，他们的战斗，自然令人有种热血沸腾的感觉。

萧炎也见到了林焱出手。林焱在完全驱除体内火毒后，明显有了较大的长进。如今的林焱，光论实力恐怕能够进入强榜前五。这一场比试，林焱的对手在强榜只是排行十九，因此林焱并未消耗多大力气，短短二十回合，便让对手彻底认输。

在林焱出场之后不久，两个最让萧炎看重的对手柳擎和林修崖，也相继出场。作为全场瞩目的焦点，两人的出场瞬间吸引了所有人的眼球，震耳欲聋的呐喊声在场中再度响起。

率先出场的是柳擎。他这一次的对手，在强榜排名十一，实力也达到八星斗灵。这等排名与实力，在内院之中已经极为靠前。

接下来的战斗，并未出乎萧炎的意料。从比试开始，柳擎每次攻击都会在半空留下道道残影，犹如天马行空，毫无行迹可寻。战斗持续了近十分钟，柳擎终于发力，在一瞬间爆发出恐怖速度，众人回过神时，只见到柳擎那停留在对方喉咙处的手爪。那个强榜十一的强者，只得极为识相地举手认输。

这大赛已经到了第二轮，柳擎却一直未曾动用背后的裂山枪，光凭着一对肉掌，便令众多强者黯然而退，这等实力，果然恐怖。

"这个柳擎已经半只脚踏进了斗王，虽然还无法与真正的斗王强者相比，但比起寻常的斗灵来说，却强了太多。"薰儿轻声道，"还有那林修崖，也有这般实力。"

萧炎点点头，叹道："的确是两个很强的家伙。这内院之中，除了紫妍，怕

无人能压制他们了。"萧炎忽然偏过头来,盯着薰儿笑道,"薰儿行吗?"

薰儿细密修长的睫毛微微抖动,俏皮地反问道:"萧炎哥哥认为呢?"

萧炎盯着面前巧笑嫣然的少女,神情一阵恍惚,自己有多久没见到她耀眼的一面了?她有这个资格与实力,却甘愿在自己身后默默做一些微不足道的事情。

萧炎轻轻地在薰儿微红的脸上摩挲,轻叹道:"丫头,我知道你修炼天赋很强,这点从小便是……虽然很少见到你真正出手,但是我依然能够感觉到,你如今的实力比我强许多。我来到迦南学院之后,你完全收敛了自己的光芒。我并不希望你为了我而压抑自己,相反,我更喜欢你耀眼的样子,那样,我会有追赶的动力。"

"萧炎哥哥想看薰儿耀眼的一面?"青衣少女亭亭玉立,一头青丝被淡紫色的缎带随意地束着,那一直挂着浅浅笑容的脸,缓缓浮上一抹尊贵傲意——这份傲意与柳菲那种狐假虎威的骄横截然不同,而是一种自信!对自身实力的自信!

萧炎望着薰儿脸上熟悉的神情,脸上缓缓浮现笑意,点了点头。

"那等比赛结束,给萧炎哥哥看一个最耀眼的薰儿。"少女嫣然轻笑,望着萧炎欣喜的脸色,旋即在心中补充道,"也是在分别之前让你看到……"

第十八章
黑色卷轴

　　在柳擎出场之后不久，萧炎终于等到了林修崖的出场。对于这个在强榜上比柳擎还要靠前的强者，萧炎一直颇感好奇。当初在深山中，林修崖并未展现其全部实力。

　　林修崖的出场，无疑是今日比赛的高潮，其在内院的人气，就算是柳擎都比不上。他平日一副平易近人的温和模样，极容易让人对其心生好感。因此，他刚刚入场，周围看台上便响起了震耳欲聋的欢呼声，一些女学员更是望着场中挺拔玉立、一袭青衫的青年，目光中带着羞涩与欢喜。

　　萧炎斜靠着栏杆，饶有兴致地望着场中正冲着四周微笑的林修崖，心中期待着林修崖的对手能逼他露出一些真本事。

　　在林修崖出场后不久，他的对手终于姗姗而来——一名在强榜上名列十三的高手。这场战斗，从一开始便没有多少悬念，强榜十三的高手施展出浑身解数，可场中的林修崖依然是那副淡然模样，青衫飘飘，一双如同女子纤手般修长整洁的手掌，时不时地紧握、舒展，偶尔还会形成诡异的形状。

对于那双犹如附骨之疽般一直紧贴着自己身体的手掌，林修崖的对手没有丝毫办法，不管他如何挣扎，自己的攻击始终被限制在那对手掌之中。甚至，战斗从开始到结束，他都没有办法触碰林修崖的一片衣角。

"嘿嘿，柳擎有双绝，一爪一枪，而能够一直压他一筹的林修崖，也有两种并不逊色的绝活。"林焱的声音忽然出现在萧炎身后，瞧得萧炎转过头来，他得意地一笑，"想知道吗？"

"想说就说呗。"萧炎耸了耸肩，一副无所谓的样子。清楚林焱性子的他明白，这种时候越是表现得好奇，这个家伙就越不肯说。

果然，见萧炎那不在乎的模样，林焱无奈地摇了摇头，走上前来，手臂撑着栏杆，望着下方场中一边倒的战斗，笑道："一缠一罡！"

"一缠一罡？"眉头微挑，萧炎轻声道。

"林修崖修习了一种颇为古怪的斗技：缠蛇手。就如同你所看见的，他能够使用这种斗技将对方的攻击全部压制在一个很小的范围内。实力稍弱者，攻击都要随着他的心意而走。"林焱咂了咂嘴，"这缠蛇手与柳擎的大裂劈棺爪不同，后者刚猛无匹，前者属于以柔克刚的类型。我曾经与他交手过几次，每次都被那诡异的缠蛇手搞得焦头烂额。论起难缠程度，这缠蛇手比柳擎的大裂劈棺爪更加厉害。"

萧炎点点头，林修崖的双臂犹如蛇身，诡异而灵活，被这双手臂粘上，想要将其摆脱，绝对不是件轻松的事。

"牛皮糖……"萧炎给林修崖的斗技起了个最贴切的名字，"那一罡呢？"

"嘿嘿，这个我也不太清楚。林修崖的那一罡就犹如柳擎的枪，很少有人能令他施展出来。我推测，应该是某种极为厉害的剑罡斗技吧。当年连柳擎都败在那一罡，这么多年过去了，想必那一罡更加恐怖了吧？"林焱摇了摇头，讪讪地笑道。

萧炎点了点头，轻叹道："不愧是内院仅次于紫妍的强者啊。"

"除了极少数人,他们两人是如今内院资历最老的一批学员,有这等成就并不奇怪。倒是你,从进入内院到现在连一年时间都没到,却具备了挤进强榜前十的实力,你才是最大的怪物。我想,若是再给你足够的时间,就算是那个蛮力王,都不是你的对手。"说到最后,林焱不断地向四周瞟去,似乎生怕"蛮力王"突然出现。

萧炎笑了笑,道:"算了,紫妍的位置我可不奢望。万一惹得她发怒,一拳下来可不好受。"

林焱耸耸肩,道:"你应该能感到柳擎与林修崖非常重视你,即使他们嘴上不说,心中还是对你这般年龄便有现在的成就感到惊讶。"

萧炎笑了笑,轻声道:"我在这里可待不了多长时间,内院只是暂时的安身之所。"

"是你家族的事吧?嘿嘿,我从一些长老嘴中得知过一点儿你的信息。"林焱望着萧炎的目光中多了一分尊崇,"一人单挑一个拥有斗宗强者的宗派,最后还安然离去,真不知道你是如何办到的。"

萧炎一怔,旋即恍然:以迦南学院的势力,恐怕自己进入学院的第一天,院方便已得到了一份关于自己的情报吧。况且挑战云岚宗这等事情,在加玛帝国早就闹得轰轰烈烈,随便一打听就能够知道。

"我如果进入了前十,或许会在内院当一年左右的长老,到时候你若是要回加玛帝国,我可以跟你厮混一下。反正游历大陆,也是我日后的打算。"林焱拍了拍萧炎的肩膀,嘿嘿笑道。

萧炎错愕地望着身旁一脸笑容的林焱,片刻后,颇为欣喜地点了点头。林焱迟早能够晋入斗王。一个斗王强者,别说加玛帝国,就算是放眼大陆,也是很有分量的。自己日后与云岚宗爆发冲突不可避免,若是届时身边有一批真正的强者,对付云岚宗,会轻松许多。

"到时候一定叫你。"

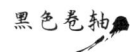

两人谈话间,场中的战斗接近尾声。这场战斗,从头到尾都在林修崖的掌控之中。十分钟左右,林修崖的手掌悄然贴上对手的胸膛,一股柔力猛然爆发,将对手击出场外。

"走吧,接下来的战斗没什么好看的了。"林焱冲着萧炎挥了挥手,转身朝着场外行去,边走边道,"明天不知道哪三个倒霉的家伙会被剔除……"

萧炎笑着点了点头,目光投向场中,正巧林修崖也朝他看来,两道目光在半空中碰撞出火花,显然两人都极为重视对方。

"希望明天不会遇见太让人头疼的对手……"萧炎在心中这般嘀咕着,转过身来,与薰儿等人向着高台之外行去。

月如银盘,淡淡的月光从天际倾洒而下,给整个内院都披上了一层朦胧的银色纱罩。

房间之中,萧炎盘膝坐在床榻上,进行着修炼,一丝丝能量从其周身天地源源不断地钻进其体内。

"萧炎哥哥,睡了吗?"修炼持续了将近一小时,突然响起轻轻的敲门声,旋即薰儿柔和的声音传进了房间。

缓缓睁开眼睛,萧炎笑道:"进来吧。"

房门应声而开,青衣少女缓步走进,在淡淡月光的映照下,那张清雅绝美的脸,令人忍不住陶醉。少女亭亭玉立地站在萧炎面前,那股迎面而来的淡淡幽香,令萧炎心中微感悸动。不知不觉间,当年那个跟在他屁股后面转悠的小跟屁虫,如今已经出落得如此水灵动人。

萧炎从床榻上翻身下来,柔声道:"有事?"

薰儿白皙娇嫩的脸上浮现一抹浅浅的绯红,片刻后,突然从纳戒中取出一卷黑色卷轴,往萧炎手中一塞:"萧……萧炎哥哥,这个东西你可一定要收好。"

萧炎伸手将黑色卷轴接了过去。卷轴通体呈黑色,色泽颇为暗沉,还隐隐

散发着极淡的黑色光芒。卷轴之上还绘着各种各样极为奇异的纹路，弯弯曲曲，犹如蝌蚪文，繁复莫测。

翻了翻黑色卷轴，萧炎错愕地发现，这个卷轴造型有点儿古怪，根本没有开合的地方，整体就犹如一个竹筒，与寻常卷轴截然不同。

"这是什么？"萧炎疑惑地抬起头，冲着薰儿扬了扬手中的卷轴。

薰儿莲步轻移，来到萧炎身旁，笑盈盈地道："一个斗技，不过需要斗王的实力才能够开启。"

闻言，萧炎的手一抖，差点儿没拿稳。需要斗王实力才能打开的斗技，这还是他第一次遇见。

"什么等级的斗技？"萧炎逐渐收敛脸上的笑意，正色问道。

"等萧炎哥哥能够将其打开的时候，不就知道了？"薰儿摇了摇头。

"这东西……未免也太珍贵了点……"萧炎皱了皱眉，然而话还未说完，对面一道幽怨的目光射来，令他尴尬地闭上了嘴。

"从小到大，萧炎哥哥就没收过薰儿一件东西。"薰儿轻声叹道。

"好吧好吧，我收下。"萧炎苦笑了一声，只得点了点头。他并非大男子主义，只是薰儿突然拿出如此贵重的东西，一时间令他难以接受。

"记得哟，一定要进入斗王后才能打开修习，不然，反而对你不好。"见萧炎收下了卷轴，薰儿顿时露出甜美的笑容，柔声提醒道。

"嗯。"萧炎点了点头，目光灼灼地望着对面的青衣少女。

薰儿紧盯着萧炎，极为郑重地低声道："还有，萧炎哥哥，那个陀舍古帝玉的事，你一定要记得薰儿的话，不要和任何人提起。否则，你会有很大的麻烦。现在的你，还不具备占有它的实力，因此千万不能泄露出去！"

萧炎轻轻点了点头。

"哈哈，那薰儿先回房了，萧炎哥哥好好休息吧，明日还有激烈大战呢。"薰儿冲着萧炎嫣然一笑，旋即转身向门外行去。

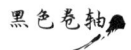

萧炎望着薰儿的背影,皱了皱眉头,不知为何,他总是觉得这两日薰儿有点儿奇怪。

"或许是我多想了吧?"萧炎将房门关闭,手掌一动,那个黑色卷轴再度出现在其手中,在心中低声道,"老师,您能看出这卷轴是何物吗?"

"不能,卷轴上面有特殊的封印,除非强行破开,不然谁也不知道里面是何斗技。"药老的声音响起,"不过以你那小女友的身份背景,能让她这般重视的斗技,绝对不是凡物。"

萧炎默默点头,眼芒微微闪烁,最后轻轻叹息了一声。

"小姐,您将那东西给了萧炎少爷?"泛着点点幽香的房间里,凌影有些愕然地望着面前捧着茶杯的少女。

薰儿只是随意地点了点头,就犹如送出去的东西只是寻常之物一般。

"可那是族长大人好不容易才……"凌影苦笑道,"这手笔……"

"萧炎哥哥比我更适合它。"薰儿淡淡地笑道,旋即挥了挥手,道,"凌老,这件事不要让其他人知道,就算是我父亲也不行。"

"这……好吧。"凌影迟疑了一下,只得无奈地叹了一口气,旋即身形扭动,化为阴影消失在黑暗之中。

"萧炎哥哥,薰儿能做的都已经做了,真正的强者之路,便要靠你自己走了,希望日后再次相见时,你能成为真正的强者,强到让薰儿仰望的地步。"薰儿捧着温热的茶杯,呢喃声悄然在房中响起。

第十九章
争夺前十

当最后一缕月光消失在天际时,第一缕晨晖洒进内院。今日是强榜大赛决出前十名额的时刻,大赛到了这一步,已经进入了真正的高潮,所有内院学员,都在热切期待着新的强榜前十的诞生。

宽阔的广场,依然在极短的时间被挤得水泄不通;火爆的气氛,令每一个进场之人都受到了感染。

当萧炎等人来到高台时,此处早已人满为患。虽然经过前两日的比赛,已经有大半参赛者被淘汰,但是这等级别的战斗,就算不能参加,能够在旁观摩一下也是极好的。

萧炎无疑已经成为这届强榜大赛中最为耀眼的新秀。仅仅进入内院不到一年,便有了冲击强榜前十的资格,他一入场,便吸引了众多目光。

萧炎一行来到昨日的位置坐下,低声谈笑着,等待比赛开始。萧炎刚刚坐下,一道娇小的身影便诡异地出现在其面前。长长的淡紫色马尾辫,粉雕玉琢般的可爱模样,紫妍一出现,就冲着萧炎嘿嘿直笑。

萧炎瞥了一眼一天未见的紫妍，满脸惊愕——紫妍的衣服略有点儿破碎，纤细的手臂上竟然布满瘀青。

"你干什么去了？"萧炎见到紫妍这副可怜模样，忍不住问道。

"在深山里逛了逛，好不容易找到一株看得上眼的灵药，结果遇见了一头守护那里的斗皇阶别的魔兽。我和它打了一架，打不过，就逃回来了。"紫妍撇了撇嘴，满不在乎地道。

闻言，萧炎等人一脸无语。这小丫头还真是个怪物，竟然还敢去找斗皇阶别魔兽的碴儿，真是初生牛犊不怕虎啊！

"嘿，那家伙也比我好不到哪儿去，结结实实挨了我一拳，被打得皮开肉绽呢！"紫妍道。

眉头一挑，萧炎不认为紫妍在说谎。她虽然表面实力在斗王阶别，那股怪力却恐怖得令人发怵，就算是斗皇阶别的魔兽，被其全力轰上一拳，下场应该也好不到哪里去。

"嘿嘿，萧炎，我们下次一起去好不好？我拖住那家伙，你去拿灵药。"紫妍忽然凑上来，嘿嘿笑道。

萧炎无力地翻了翻白眼。上次对付一头斗王阶别的雪魔天猿便费了老大的劲，现在让他去对付斗皇阶别的魔兽，那不是自寻死路吗？

随口应付了几句，周围忽然骚动起来，萧炎有些诧异地转头一看，原来在那入场处，出现了林修崖等人的身影。林修崖一行进场后，便直奔萧炎所在的方位。

"希望今天我们不会碰在一起，我可不想在这种关键时刻和你碰上。"人未至，那爽朗的笑声便传到萧炎耳中。这内院之中，能够让林修崖如此看重的人，凤毛麟角。

"如果真是那样，我怕是要倒霉了。"萧炎笑了笑，他同样不想在这种时候与林修崖碰上。他的目标只是前十，只要能顺利进入前十，就不用再担心会遇

见极为棘手的对手了。

"有我护着你,谁敢让你倒霉?"老气横秋的声音在身后响起,紫妍跳上椅子,居高临下地拍了拍萧炎的肩膀,旋即倨傲地望着林修崖,两只小拳头在胸前碰在一起,道,"小子,待会儿我们可别碰见了,不然就算你跳下场我也会追着你狠狠揍一顿。"

林修崖脸上的笑意顿时收敛了许多,他尴尬地道:"那是自然,这内院之中,有谁敢和紫妍学姐对抗?"

"算你识相。"紫妍得意地一笑,刚想再撂点狠话,一旁的萧炎却一把扯住她的马尾辫,把她抱下椅子,不顾她如何挣扎,将她按在身后,然后冲着林修崖耸了耸肩。

林修崖望着那被萧炎强行按在身后,虽然一通挣扎,但明显只是犹如小孩子耍赖的紫妍,有些傻眼:这个"蛮力王"什么时候被人这么对待也不发火了?这若是放在以前,谁敢按下她的脑袋,就算逃到外院,也一定会被抓出来打得鼻青脸肿啊。

"萧炎这小子究竟给这个'蛮力王'吃了什么药?竟然能和她关系这么好?"在心中嘀咕了几句,林修崖不敢再停留,他对着萧炎简短地说了几句,便赶紧带人朝自己的席位快步行去。

望着那落荒而逃的林修崖,萧炎等人忍不住大笑:没想到这内院里最耀眼的家伙,对紫妍却如此忌惮,当真是一物降一物啊!

在林修崖入场后不久,另外一个重量级的参赛者柳擎也进入场中。原本他也要从萧炎等人面前经过,不过眼尖的他,却在一进场就瞧见了萧炎身旁坐着的那个小女孩,脸色一变,旋即若无其事地绕过了萧炎等人。

随着时间的推移,广场中的人越来越多。待裁判席上众位长老也依次入座之后,一道钟声终于在场中响起,广场顷刻归于寂静,一道道目光,全部投注在裁判席上。

在全场注视下，苏千整了整衣袍，缓缓站起身来，朗声道："经过两日的淘汰赛，此次的强榜大赛还留下十三人，而今日有三个人将会被淘汰。按照大赛规矩，我们会随机抽取六人进行比试，胜者进入前十。"说完，苏千将一个竹筒摆在面前，竹筒中有十三张纸签。"十三张纸签中写着最后十三个参赛者的名字，我会随意抽取需要比赛的那六个人。"场中的气氛顿时紧张起来，众人都目不转睛地盯着裁判席。

苏千缓缓地抽出一张纸签，瞥了一眼，旋即大声念出："严皓。"

"下面抽取的，是要与严皓争夺前十名额的对手。"苏千再度抽出一张纸签，摊开后目光一瞟，道，"钱陌。"

一道道目光转到高台上一个颇胖的男子身上。钱陌，强榜排名第八，实力也是极强，与严皓同样位于斗灵巅峰，不过比拼起来，却要差严皓不少。一听见自己的对手是严皓，钱陌顿时紧皱眉头。

苏千继续抽出纸签，摊开后却是一怔，旋即有些无奈地摇了摇头："紫妍。"

"哇……"这名字一出，高台上，就算是林修崖和柳擎，也猛地把心提到了嗓子眼。

苏千暗自笑了笑，缓缓地抽出一签："秦镇。"

高台上，众人长长地吐了一口气，旋即都同情地望向一个脸色苍白的男子。这个可怜的家伙，就算他强榜排名第六，可遇见那个蛮力王，也只能落个失败的下场。

"最后一签。"裁判席上，苏千手一晃，将一道纸签吸进掌心，缓缓摊开，有些讶异地开口："柳擎。"

满场再度一静，一些人更是在心中嘀嘀咕，看来又有一个倒霉的家伙。柳擎倒没有半点儿情绪波动，只要对手不是紫妍，就算是遇见林修崖，他也不会惧怕。

似是为了吊足众人的胃口，苏千慢吞吞地取出最后一签，冲着众人挥了挥，

这才轻笑着展开。紧接着,他收敛脸上的笑容,一脸错愕。

"咳……"片刻后,苏千终于回过神来,目光缓缓投向高台上的一处,无奈地摇了摇头,"萧炎!"

在一阵惋惜的感叹中,众人望向高台上那个皱起眉头的黑袍青年。